西湖梦寻评注

（明）张岱 著
俞琼颖 评注

北京联合出版公司
Beijing United Publishing Co.,Ltd.

目录

卷二　西湖西路

卷三　西湖中路

卷四　西湖南路

卷五　西湖外景

前 言

张岱，一名维城，字宗子、石公，号陶庵、蝶庵、天孙、六休居士，山阴（今浙江绍兴）人，长期寓居钱塘（今浙江杭州）。祖籍四川绵竹，故又自称“蜀人”、“古剑”。生于明万历二十五年（1597），卒年诸说纷纭，约在1679年前后。

张岱出身官宦之家，高、曾、祖三代皆为进士，博学多才，藏书甚丰，尤长于治史。在家庭熏陶下，他自幼聪慧，并爱好史学。由于当时家业殷实，生活优越，他兴趣广泛，喜游历，常盘桓于江南繁华之地，自云：“余少爱嬉游，名山恣探讨。”（《西湖梦寻·大佛头》）。又好美食，坦言口腹之欲：“远则岁致之，近则月致之，日致之，耽耽逐逐，日为口腹谋。”（《陶庵梦忆·方物》）。早年的奢靡生活从其《自为墓志铭》中亦可见一斑。然而，前事伶俜皆梦痕。明亡以后，张岱家由豪门骤然沦为寒户，旧衣捉襟见肘，饭食常至断炊。然其志节未衰，笔耕不辍，其间著述颇丰。

张岱所撰之书，据其《自为墓志铭》所录，有《石匮书》《张氏家谱》《义烈传》《琅嬛文集》《明易》《大易用》《史阙》《四书遇》《梦忆》《说铃》《昌谷解》《快园道古》《傒囊十集》《西湖梦寻》《一卷冰雪文》等。此外，还有《张子文秕》《张子诗秕》《石匮书后集》《有明於越三不朽图赞》《陶庵肘后方》《夜航船》《琯朗乞巧录》等，有的已不存。总计其存世与亡佚之作当不下三十种。涉及广泛，囊括天文、地理、历史、文学、经学等。在众多著作中，最具生命力之作应是《陶庵梦忆》与《西湖梦寻》，合称“二梦”。

《西湖梦寻》五卷，成于清康熙十年（1671），是张岱晚年编撰的一部以西湖为题材的忆旧之作。全书共七十二则，按景物地理位置编排，经西湖北路、西路、中路、南路、外景追记旧游，介绍西湖掌故、名胜古迹及地理风俗，既摹山水自然，亦写人文景观。或专注景物，涉笔成趣；或绕开风景，着墨逸闻；或拈来传说，娓娓道述；或只述历史，孜孜考证。其语有时率真，自成妙谛；有时清逸，遂至忘言之境；有时雅淡，言外有无限感慨。

该书于康熙五十六年（1717）由凤嬉堂初刻行世，《四库全书总目》列其于存目。光绪年间收入《西湖集览》《武林掌故丛编》等书中。本次注释，以《武林掌故丛编》本为底本，参校他本及今人整理本。评语力求抉取原文的轻灵雅逸，评出诗意。点评之中，曾得良人游鹏飞字句润正，于此谢之。疏漏之处敬祈读者指正。

俞琼颖

癸巳年正月于厦大丰庭

自　序

余生不辰[1]，阔别西湖二十八载，然西湖无日不入吾梦中，而梦中之西湖，实未尝一日别余也。前甲午、丁酉[2]，两至西湖，如涌金门商氏之楼外楼[3]，祁氏之偶居[4]，钱氏、余氏之别墅[5]，及余家之寄园[6]，一带湖庄，仅存瓦砾，则是余梦中所有者，反为西湖所无。及至断桥一望，凡昔日之弱柳夭桃、歌楼舞榭，如洪水淹没，百不存一矣。余乃急急走避，谓余为西湖而来，今所见若此，反不若保吾梦中之西湖，尚得完全无恙也。因想余梦与李供奉异[7]。供奉之梦天姥也，如神女名姝，梦所未见，其梦也幻；余之梦西湖也，如家园眷属，梦所故有，其梦也真。今余僦居他氏已二十三载[8]，梦中犹在故居；旧役小傒，今已白头，梦中仍是总角。夙习未除，故态难脱，而今而后，余但向蝶庵岑寂[9]，蘧榻于徐，惟吾旧梦是保，一派西湖景色，犹端然未动也。儿曹诘问[10]，偶为言之，总是梦中说梦，非魇即呓也。因作《梦寻》七十二则，留之后世，以作西湖之影。余犹山中人，归自海上，盛称海错之美[11]，乡人竞来共舐其眼[12]。嗟嗟！金齑瑶柱[13]，过舌即空，则舐眼亦何救其馋哉！

岁辛亥七月既望[14]，古剑蝶庵老人张岱题。

注释

①不辰：不得其时。

②甲午：清顺治十一年（1654）。丁酉：清顺治十四年（1657）。

③商氏：指商周祚，字明兼，号等轩，明代绍兴会稽人，曾任太仆寺少卿、兵部尚书，为官清廉。

④祁氏：指祁彪佳（1602—1645），字弘吉，号幼文，别号远山堂主人，明浙江山阴人，明代政治家、戏曲理论家、藏书家。

⑤钱氏：指钱象坤（1569—1640），字弘载，号麟武，会稽人。曾任吏部右侍郎、礼部尚书等职。余氏：余煌，字武贞，会稽人，曾任翰林院修撰、兵部尚书。

⑥寄园：张岱祖父所建别墅。

⑦李供奉：指李白（701—762），字太白，号青莲居士，曾任翰林供奉。

⑧僦 jiù：租赁。

⑨蝶庵：张岱斋名，用“庄周梦蝶”之典。《庄子·齐物论》曰：“昔者庄周梦为胡蝶，栩栩然胡蝶也，自喻适志与！不知周也。俄然觉，则蘧蘧然周也。不知周之梦为胡蝶与，胡蝶之梦为周与？”

⑩儿曹：儿辈。

⑪海错：海产美味之多。

⑫共舐其眼：意谓乡人因其见识过海错之美，故来舔舐其眼，以感受美味。

⑬金齑jī瑶柱：菰菜、干贝，泛指美食。

⑭辛亥：康熙十年（1671）。既望：农历每月十六日。

西湖是记

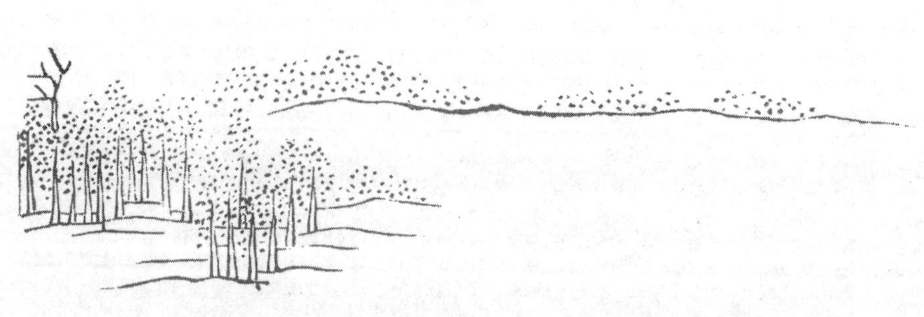

明圣二湖[1]

自马臻开鉴湖[2]，而由汉及唐，得名最早，后至北宋，西湖起而夺之，人皆奔走西湖，而鉴湖之澹远，自不及西湖之冶艳矣。至于湘湖，则僻处萧然[3]，舟车罕至，故韵士高人无有齿及之者[4]。余弟毅孺常比西湖为美人[5]，湘湖为隐士，鉴湖为神仙。余不谓然。余以湘湖为处子，眠娗羞涩[6]，犹及见其未嫁之时；而鉴湖为名门闺淑，可钦而不可狎；若西湖则为曲中名妓，声色俱丽，然倚门献笑，人人得而媟亵之矣[7]。人人得而媟亵，故人人得而艳羡；人人得而艳羡，故人人得而轻慢。在春夏则热闹之，至秋冬则冷落矣；在花朝则喧哄之[8]，至月夕则星散矣；在清明则萍聚之，至雨雪则寂寥矣。故余尝谓："善读书，无过董遇三馀[9]。而善游湖者，亦无过董遇三馀。董遇曰：'冬者，岁之馀也；夜者，日之馀也；雨者，月之馀也。'雪巘古梅[10]，何逊烟堤高柳；夜月空明，何逊朝花绰约；雨色涳濛，何逊晴光滟潋。深情领略，是在解人。"即湖上四贤[11]，余亦谓："乐天之旷达[12]，固不若和靖之静深[13]；邺侯之荒诞[14]，自不若东坡之灵敏也[15]。"其馀如贾似道之豪奢[16]，孙东瀛之华赡[17]，虽在西湖数十年，用钱数十万，其于西湖之性情、西湖之风味，实有未曾梦见者在也。世间措大[18]，何得易言游湖。

苏轼《夜泛西湖》诗：

菰蒲无边水茫茫，荷花夜开风露香。
渐见灯明出远寺，更待月黑看湖光。

又《湖上夜归》诗：

我饮不尽器，半酣尤味长。
篮舆湖上归[19]，春风吹面凉。
行到孤山西，夜色已苍苍。
清吟杂梦寐，得句旋已忘。
尚记梨花村，依依闻暗香。

又《怀西湖寄晁美叔》诗[20]：

西湖天下景，游者无愚贤。
深浅随所得，谁能识其全。
嗟我本狂直，早为世所捐。
独专山水乐，付与宁非天。
三百六十寺，幽寻遂穷年。
所至得其妙，心知口难传。
至今清夜梦，耳目馀芳鲜。

君持使者节，风采烁云烟。
清流与碧巘，安肯为君妍。
胡不屏骑从，暂借僧榻眠。
读我壁间诗，清凉洗烦煎。
策杖无道路，直造意所便。
应逢古渔父，苇间自夤缘[21]。
问道若有得，买鱼弗论钱[22]。

李奎《西湖》诗[23]：
锦帐开桃岸，兰桡系柳津[24]。
鸟歌如劝酒，花笑欲留人。
钟磬千山夕，楼台十里春。
回看香雾里，罗绮六桥新[25]。

苏轼《开西湖》诗：
伟人谋议不求多，事定纷纭自唯阿[26]。
尽放龟鱼还绿净，肯容萧苇障前坡。
一朝美事谁能继，百尺苍崖尚可磨。
天上列星当亦喜，月明时下浴金波。

周立勋《西湖》诗[27]：
平湖初涨绿如天，荒草无情不记年。
犹有当时歌舞地，西泠烟雨丽人船。

夏炜《西湖竹枝词》[28]：

四面空波卷笑声，湖光今日最分明。
舟人莫定游何处，但望鸳鸯睡处行。

平湖竟日只溟濛，不信韶光只此中。
笑拾杨花装半臂，恐郎到晚怯春风。

行觞次第到湖湾，不许莺花半刻闲。
眼看谁家金络马，日驼春色向孤山。

春波四合没晴沙，昼在湖船夜在家。
怪杀春风归不断，担头原自插梅花。

欧阳修《西湖》诗[29]：

菡萏香消画舸浮，使君宁复忆扬州。
都将二十四桥月，换得西湖十顷秋。

赵子昂《西湖》诗[30]：

春阴柳絮不能飞，雨足蒲芽绿更肥。
只恐前呵惊白鹭，独骑款段绕湖归[31]。

袁宏道《西湖总评》诗[32]：

龙井饶甘泉，飞来富石骨。
苏桥十里风，胜果一天月。
钱祠无佳处，一片好石碣[33]。
孤山旧亭子，凉荫潇林樾。
一年一桃花，一岁一白发。
南高看云生，北高见日没。
楚人无羽毛，能得几游越。

范景文《西湖》诗[34]：

湖边多少游观者，半在断桥烟雨间。
尽逐春风看歌舞，几人着眼看青山。

张岱《西湖》诗：

追想西湖始，何缘得此名。
恍逢西子面，大服古人评。
冶艳山川合，风姿烟雨生。
奈何呼不已，一往有深情。
一望烟光里，沧茫不可寻。
吾乡争道上，此地说湖心。
泼墨米颠画[35]，移情伯子琴[36]。
南华秋水意[37]，千古有人钦。
到岸人心去，月来不看湖。

渔灯隔水见，堤树带烟糢[38]。
真意言词尽，淡妆脂粉无。
问谁能领略，此际有髯苏[39]。

又《西湖十景》诗：

一峰一高人，两人相与语。
此地有西湖，勾留不肯去。
（两峰插云）
湖气冷如冰，月光淡于雪。
肯弃与三潭，杭人不看月。
（三潭印月）
高柳荫长堤，疏疏漏残月。
蹩躠步松沙[40]，恍疑是踏雪。
（断桥残雪）
夜气滃南屏，轻岚薄如纸。
钟声出上方，夜渡空江水。
（南屏晚钟）
烟柳幕桃花，红玉沉秋水。
文弱不胜夜，西施刚睡起。
（苏堤春晓）
颊上带微酡[41]，解颐开笑口。
何物醉荷花，暖风原似酒。
（曲院荷风）

深柳叫黄鹂，清音入空翠。
若果有诗肠，不应比鼓吹。
（柳浪闻莺）

残塔临湖岸，颓然一醉翁。
奇情在瓦砾，何必藉人工。
（雷峰夕照）

秋空见皓月，冷气入林皋。
静听孤飞雁，声轻天政高。
（平湖秋月）

深恨放生池，无端造鱼狱。
今来花港中，肯受人拘束？
（花港观鱼）

柳耆卿《望海潮》词[42]：

东南形胜，三吴都会，钱塘自古繁华。烟柳画桥，风帘翠幕，参差十万人家。云树绕堤沙。怒涛卷霜雪，天堑无涯。市列珠玑，户盈罗绮，竞豪奢。　重湖叠巘清佳，有三秋桂子，十里荷花。羌笛弄晴，菱歌泛夜，嬉嬉钓叟莲娃。千骑拥高牙，乘时听箫鼓，吟赏烟霞。异日图将好景，凤池夸。

（金主阅此词，慕西湖胜景，遂起投鞭渡江之思。）

于国宝《风入松》词：

一春常费买花钱，日日醉湖边。玉骢惯识西湖路，骄嘶过、沽酒楼前。红杏香中箫鼓，绿杨影里秋千。 暖风十里丽人天，花压鬓云偏。画船载得春归去，馀情付、湖水湖烟。明日重扶残醉，来寻陌上花钿。

注释

①明圣二湖：古时西湖又称明圣湖，分为里湖与外湖。明朝田汝成《西湖游览志·西湖总叙》言："汉时，金牛见湖中，人言明圣之瑞，遂称明圣湖。"

②马臻：东汉会稽太守，致力于农田水利，曾开凿镜湖蓄水灌田。鉴湖：应为"镜湖"之误，传说黄帝铸镜于湖边而得名，在今浙江绍兴。李白《梦游天姥吟留别》云："我欲因之梦吴越，一夜飞度镜湖月"。

③湘湖：北宋知县杨时开凿，在今浙江杭州市萧山区城西。

④齿及：谈到、提及。

⑤毅儒：张岱族弟张弘，字毅儒。

⑥眠娗 tiǎn：同"腼腆"。《列子·力命》云："眠娗、諈诿、勇敢、怯疑四人，相与游于世，胥如志也。"

眠娗是古代寓言中假托的人名，意为含羞、不大方。

⑦媟 xiè 亵：轻薄；猥亵。

⑧花朝 zhāo ：旧俗以农历二月十五日为百花生日，故称此日为“花朝节”。

⑨董遇：三国时人，字季直。裴松之注引《魏略》曰：“遇言（读书）‘当以三馀’。或问三馀之意，遇言：‘冬者岁之馀，夜者日之馀，阴雨者时之馀也’。”

⑩巘 yǎn ：山峰。《诗经·大雅·公刘》云：“陟则在巘，复降在原。”

⑪湖上四贤：指李泌、白居易、苏轼、林逋。

⑫乐天：白居易（772—846），字乐天，唐太原人。其任杭州刺史时曾疏浚西湖、筑堤引水。

⑬和靖：林逋（967—1028），字君复，宋钱塘人，隐居孤山，以梅鹤为伴，人称“梅妻鹤子”，卒谥“和靖先生”。

⑭邺侯：李泌（722—789），字长源，唐京兆人，历仕四朝，封邺侯。代宗时任杭州刺史，凿井引西湖水为民饮用。

⑮东坡：苏轼（1037—1101），字子瞻，号东坡居士，宋眉山人。曾任杭州知府，浚湖筑堤，后人念其功绩，名长堤为“苏堤”。

⑯贾似道（1213—1275）：字师宪，号秋壑，南宋奸相。曾居西湖数十年，生活豪奢。

⑰孙东瀛：孙隆，生卒年不详，号东瀛，明万历间织造太监，曾复修西湖旧景。

⑱措大：贫寒失意的读书人。

⑲篮舆：古时供人乘坐的交通工具，一般以人力抬着行走。

⑳晁 cháo 美叔：晁端彦（1035—1095），字美叔，宋代诗人。

㉑“应逢古渔父”二句：化用《庄子·渔父》典故。孔子游于缁帷林中，有渔父下船而来，孔子上前问道，渔父指点一番，然后“刺船而去，延缘苇间”。“延缘”即诗中的“夤缘”。

㉒“问道若有得”二句：化用《南史·隐逸传》典故。寻阳太守孙缅见一渔夫轻舟而来，问道：“有鱼卖乎？”渔父答：“其钓非钓，宁卖鱼者邪？”

㉓李奎：字伯文，号珠山，明钱塘人，卒后葬于西湖。

㉔兰桡 ráo：小舟的美称。

㉕六桥：指苏堤上的映波、锁澜、望山、压堤、东浦、跨虹六座桥。

㉖唯阿：应诺词，比喻差别甚小。《老子》云：“唯之于阿，相去几何。”

㉗周立勋：字勒卣，明末松江华亭人，崇祯时与陈子龙等成立几社，诗文慷慨激昂。

㉘夏炜：字汝华，浙江桐乡人，明万历进士。

㉙欧阳修（1007—1072）：字永叔，号醉翁、六一居士，庐陵人。北宋文学家。

㉚赵子昂：赵孟頫（1254—1322），字子昂，号松雪道人，浙江湖州人，宋元间书画家。

㉛款段：借指马。

㉜袁宏道（1568—1610）：字中郎，号石公，湖北公安人，明代文学家。

㉝“一片好石碣”句：化用《朝野佥载》典故。指唯有苏轼《表忠观碑记》可观。

㉞范景文（1587—1644）：字梦章，吴桥人，明末东阁大学士。

㉟米颠：宋代书画家米芾。

㊱伯子：春秋琴师伯牙。

㊲南华：即《庄子》。

㊳糢 mó：模糊。

㊴髯苏：即苏轼，因其多髯须，故而得名。

㊵蹩躠 biéxuè：走路不稳。

㊶微酡 tuó：饮酒后面色微红。

㊷柳耆卿：柳永（985—1067），原名“三变”，字耆卿，福建崇安人，北宋词人。

简评

“西湖则为曲中名妓”、“游湖者亦无过董遇三馀”，皆耐想之语。冬日寒意凛凛，远山清劲，湖光迥出尘表。月夜泛舟，冰轮皎洁，湖水浩渺，别有清欢。雨气浸漫的湖泊则风姿曼妙，草木洇翠，青山如梦。“三馀”者，正是西湖洗尽铅华，淑姿盼倩之时。

卷一　西湖北路

玉莲亭

白乐天守杭州，政平讼简[①]。贫民有犯法者，于西湖种树几株；富民有赎罪者，令于西湖开葑田数亩[②]。历任多年，湖葑尽拓，树木成阴。乐天每于此地，载妓看山，寻花问柳。居民设像祀之。亭临湖岸，多种青莲，以象公之洁白。右折而北，为缆舟亭，楼船鳞集，高柳长堤。游人至此买舫入湖者[③]，喧阗如市[④]。东去为玉凫园，湖水一角，僻处城阿[⑤]，舟楫罕到。寓西湖者[⑥]，欲避嚣杂，莫于此地为宜。园中有楼，倚窗南望，沙际水明，常见浴凫数百，出没波心，此景幽绝。

白居易《玉莲亭》诗：

湖上春来似画图，乱峰围绕水平铺。
松排山面千层翠，月照波心一点珠。
碧毯绿头抽早麦，青罗裙带展新蒲。
未能抛得杭州去，一半勾留是此湖。

孤山寺北谢亭西，水面初平云脚低。
几处早莺争暖谷，谁家燕子啄新泥。

乱花渐欲迷人眼，浅草犹能没马蹄。
最爱湖东行不足，绿杨深里白沙堤⑦。

注释

①政平讼简：政务清平，官司不多。

②葑 fèng 田：湖泽中茭白之类积聚处，年久腐化成土，水涸成田。

③舫 fǎng：船。

④阗 tián：声音大。

⑤城阿：城角。

⑥寓：居住。

⑦“孤山”一诗又名《钱塘湖春行》，通行本中“谢亭”为“贾亭”，“暖谷”为“暖树”。白沙堤：今称白堤。

简评

玉莲亭意在纪念杭州刺史白居易，亭下多莲，喻公之高洁。白居易以植树开田代替刑罚，用心慈厚。后来范仲淹在襄城县时，亦以罪之轻重判植桑多寡，按桑之荣茂去罪。这样的除罪方式，可谓仁矣。

昭庆寺

昭庆寺，自狮子峰、屯霞石发脉[①]，堪舆家谓之火龙[②]。石晋元年始创[③]，毁于钱氏乾德五年[④]。宋太平兴国元年重建[⑤]，立戒坛[⑥]。天禧初[⑦]，改名昭庆。是岁又火。迨明洪武至成化[⑧]，凡修而火者再。四年奉敕再建，廉访杨继宗监修[⑨]。有湖州富民应募，挈万金来[⑩]。殿宇室庐，颇极壮丽。嘉靖三十四年以倭乱[⑪]，恐贼据为巢，遽火之。事平再造，遂用堪舆家说，辟除民舍，使寺门见水，以厌火灾。隆庆三年复毁[⑫]。万历十七年[⑬]，司礼监太监孙隆以织造助建，悬幢列鼎，绝盛一时。而两庑栉比[⑭]，皆市廛精肆[⑮]，奇货可居。春时有香市，与南海、天竺、山东香客及乡村妇女儿童，往来交易，人声嘈杂，舌敝耳聋，抵夏方止。崇祯十三年又火[⑯]，烟焰障天，湖水为赤。及至清初，踵事增华[⑰]，戒坛整肃，较之前代，尤更庄严。一说建寺时，为钱武肃王八十大寿[⑱]，寺僧圆净订缁流古朴、天香、胜莲、胜林、慈受、慈云等[⑲]，结莲社[⑳]，诵经放生，为王祝寿。每月朔[㉑]，登坛设戒，居民行香礼佛，以昭王之功德，因名昭庆。今以古德诸号[㉒]，即为房名。

袁宏道《昭庆寺小记》：

从钱塘门而西，望宝俶塔，突兀层崖中，则已心飞湖上也。午刻入昭庆，茶毕，即棹小舟入湖[23]。山色如娥，花光似颊，温风如酒，波纹若绫，才一举头，已不觉目酣神醉。此时欲下一语不得，大约如东阿王梦中初遇洛神时也[24]。余游西湖始此，时万历丁酉二月十四日也。晚同子公渡净寺[25]，觅阿宾旧住僧房[26]。取道由六桥、岳坟、石径塘而归。次早陶石篑帖子至，十九日石篑兄弟同学佛人王静虚至，湖山好友，一时凑集矣。

张岱《西湖香市记》[27]：

西湖香市[28]，起于花朝，尽于端午。山东进香普陀者日至，嘉湖进香天竺者日至[29]，至则与湖之人市焉，故曰香市。然进香之人市于三天竺，市于岳王坟，市于湖心亭，市于飞来峰，无不市，而独凑集于昭庆寺，昭庆两廊故无日不市者。三代八朝之骨董[30]，蛮夷闽貊之珍异，皆集焉。至香市，则殿中边甬道上下、池左右、山门内外，有屋则摊，无屋则厂，厂外有篷，篷外又摊，节节寸寸。凡胭霜簪珥、牙尺剪刀，以至经典木鱼、籽儿嬉具之类[31]，无不集。此时春暖，桃柳明媚，鼓吹清和，岸无留船，寓无留客，肆无留酿。袁石公所谓“山色如娥，花光似颊，温风如酒，波纹若绫”，已画出西湖三月。而此以香客杂来，光景又别。士女闲都[32]，不胜其村妆野妇之乔画；芳兰芗泽[33]，不胜其合香芫荽之薰蒸[34]；丝竹管弦，不胜其摇鼓欲笙之聒帐[35]；鼎彝光怪[36]，不胜其泥人竹马之行情；宋元名画，不胜其湖景佛图之纸贵。如逃如逐，如奔如追，撩扑不开，牵挽不住。数百十万男男女女、老老少少，日簇拥于寺之前后左右者，凡四阅月方罢。恐大江以东，断无此二地矣。崇祯庚辰，昭庆寺火。是岁及辛巳、壬午岁洊饥[37]，民强半饿死。壬午道鲠山东[38]，香客断绝，无有至者，市遂废。辛巳夏，余在西湖，但见城中饥殍舁出[39]，扛挠相属。时杭州刘太守梦谦，汴梁人，乡里抽丰者多寓西湖[40]，日以民词馈送[41]。有轻薄子改古诗诮之曰[42]：“山不青山楼不楼，西湖歌舞一时休。暖风吹得死人臭，还把杭州送汴州。”可作西湖实录。

注释

①狮子峰、屯霞石：位于西湖之北宝石山中，在今浙江杭州市西南。

②堪舆家：风水先生。

③石晋：即后晋。公元 936 年，石敬瑭与契丹勾结，灭后唐而称帝，国号“晋”，史称“后晋”，又称“石晋”。

④钱氏乾德：五代十国吴越国国王钱元瓘所奉宋太祖年号（963—967），乾德为宋太祖第二个年号。

⑤太平兴国：宋太宗第一个年号（976—983）。

⑥戒坛：僧徒受戒的场所。

⑦天禧：宋真宗第四个年号（1017—1021）。

⑧洪武：明太祖年号（1368—1398）。成化：明宪宗年号（1465—1487）。

⑨廉访：即按察使。杨继宗：字承芳，阳城人，曾任刑部主事、浙江按察使等，为官清廉。

⑩挈：提、带。

⑪嘉靖：明世宗年号（1522—1566）。嘉靖三十四年即 1555 年，这一年日本海盗劫掠上虞、杭州等地。

⑫隆庆三年：1569 年。隆庆，明穆宗年号（1567—1572）。

⑬万历十七年：1589 年。万历，明神宗年号（1573—1620）。

⑭两庑 wǔ：寺庙东西两廊。栉 zhì 比：密密排列。

⑮市廛 chán 精肆：市中店铺。

⑯崇祯十三年：1640 年。崇祯，明思宗年号（1628—1644）。

⑰踵事增华：承继前代并有所发展。萧统《文选序》曰："盖踵其事而增华，变其本而加厉，物既有之，文亦宜然。"

⑱钱武肃王：钱镠 liú（852—932），字具美，杭州临安人。五代十国时吴越国创建者。详见卷四《西湖南路·钱王祠》。

⑲缁流：僧人，多穿缁衣。"圆净"、"古朴"等：僧人法号。

⑳莲社：即白莲社，东晋高僧慧远等人创立于庐山东林寺，寺中有白莲池。

㉑朔：阴历每月初一。

㉒古德：僧徒对年高有道的高僧的尊称。

㉓棹 zhào：用桨划船。

㉔东阿王梦中初遇洛神：相传东阿王曹植过洛水，梦见洛水之神宓 fú 妃，惊其美丽，遂作《洛神赋》。

㉕子公：方文僎 zhuàn，字子公，安徽徽州人。

㉖阿宾：袁中道，字小修，袁宏道之弟。

㉗《西湖香市记》：此为张岱《陶庵梦忆》中一篇，原名《西湖香市》。

㉘香市：庙会。

㉙嘉湖：嘉兴、湖州一带。

㉚三代：夏、商、周。八朝：汉、魏、晋、宋、齐、梁、陈、隋。

㉛犽 yá 儿：小孩儿，杭州方言。

㉜闲都：文雅俊美。

㉝芗 xiāng 泽：香气。

㉞芫荽 yánsuī：即香菜。

㉟聒 guō 帐：谓通宵宴饮，管弦齐作。宋敏求《春明退朝录》载："（庄宗）终日沉饮，听郑卫之声，与胡乐合奏，自昏彻旦，谓之聒帐。"

㊱鼎彝 yí：古代祭器，上面多刻着表彰功勋人物的文字。

㊲洊 jiàn 饥：连年饥荒。

㊳鲠：通"梗"，阻塞。

㊴殍 piǎo：饿死的人。舁 yú：抬。

㊵抽丰：古时指利用各种关系和借口向人索取财物。

㊶民词：民间词讼。

㊷古诗：指宋人林升《题临安邸》一诗："山外青山楼外楼，西湖歌舞几时休？暖风熏得游人醉，直把杭州作汴州。"

简评

昭庆，即昭功庆德之意，可惜喜庆的寺名并未给其带来好运，寺庙数次毁于火灾，又数次重修，也许正应了堪舆家之言。然而它也有过繁华之时：香市凑集之春，男女老少，簇拥于寺，舌敝耳聋。游人一边赏西湖，一边赶庙会，当时的昭庆寺，怎一个"火"字了得。

哇哇宕

哇哇石在棋盘山上，昭庆寺后，有石池深不可测，峭壁横空，方员可三四亩，空谷相传，声唤声应，如小儿啼焉。上有棋盘石，耸立山顶。其下烈士祠，为朱跸、金胜、祝威诸人[①]，皆宋时死金人难者，以其生前有护卫百姓功，故至今祀之。

屠隆《哇哇宕》诗[②]：

昭庆庄严尽佛图，如何空谷有呱呱。
千儿乳坠成贤劫[③]，五觉声闻报给孤[④]。
流出桃花缘古宕，飞来怪石入冰壶。
隐身岩下传消息，任尔临崖动地呼。

注释

①朱跸 bì、金胜、祝威：均为南宋初年抵抗金兵而死的钱塘县官吏。

②屠隆（1543—1605）：字长卿，号赤水，浙江鄞 yín 县人。晚明文学家。

③乳坠：出生。贤劫：佛教语。指有释迦佛等千佛出世的现在劫，与过去庄严劫、未来星宿劫并称为

三大劫，为佛教宏观的时间观念之一。

④五觉：佛教语。指众生觉、声闻觉、二乘觉、菩萨觉、佛觉，是修行悟道的历程。给孤：即给孤独，佛教语中“给孤园”，为古印度佛教五大道场之一。

简评

哇哇宕得空谷回声之趣。于其间说话，能听到回音，小语回之小应，疾语复之疾应，若嬉笑喧哗，回声则响彻满谷。宕下有烈士祠，纪念抗金英雄。可惜庙址今已不存，英雄音容更是亘古邈远。

大佛头

大石佛寺，考旧史，秦始皇东游入海，缆舟于此石上。后因贾平章住里湖葛岭[①]，宋大内在凤凰山[②]，相去二十馀里，平章闻朝钟响，即下湖船，不用篙楫，用大锦缆绞动盘车[③]，则舟去如驶。大佛头，其系缆石桩也。平章败，后人镌为半身佛像，饰以黄金，构殿覆之，名大石佛院。至元末毁。明永乐间[④]，僧志琳重建，敕赐大佛禅寺。贾秋壑为误国奸人，其于山水书画骨董，凡经其鉴赏，无不精妙。所制锦缆，亦自可人。一日临安失火，贾方在半闲堂斗蟋蟀，报者络绎，贾殊不顾，但曰："至太庙则报。"俄而，报者曰："火直至太庙矣！"贾从小肩舆[⑤]，四力士以椎剑护，舁舆人里许即易，倏忽至火所，下令肃然，不过曰："焚太庙者，斩殿帅。"于是帅率勇士数十人，飞身上屋，一时扑灭。贾虽奸雄，威令必行，亦有快人处。

张岱《大石佛院》诗：

余少爱嬉游，名山恣探讨。
泰岳既巃嵷，补陀复杳渺[⑥]。

天竺放光明[7]，齐云集百鸟[8]。
活佛与灵神，金身皆藐小。
自到南明山[9]，石佛出云表。
食指及拇指，七尺犹未了。
宝石更特殊，当年石工巧。
岩石数丈高，止塑一头脑。
量其半截腰，丈六犹嫌少。
问佛几许长，人天不能晓。
但见往来人，盘旋如虱蚤。
而我独不然，参禅已列老。
入地而摩天，何在非佛道。
色相求如来，巨细皆心造。
我视大佛头，仍然一茎草。

甄龙友《西湖大佛头赞》[10]：

色如黄金，面如满月。
尽大地人，只见一橛[11]。

注释

①贾平章：即贾似道。详见《西湖总记·明圣二湖》注。

②宋大内：南宋皇宫。详见卷五《西湖外景·宋大内》。凤凰山：详见卷五《西湖外景·凤凰山》。

③锦缆：锦制的精美缆绳。盘车：一种击水使船前进

的装置。

④永乐：明成祖年号（1403—1424）。

⑤肩舆：轿子。

⑥补陀：即普陀山。在浙江省舟山市，为佛教名山。

⑦天竺：在灵隐寺南，与普陀山同为著名的拜观音道场。

⑧齐云：今安徽省休宁县道教名山。相传齐云山玄武殿中真像是由百鸟衔泥所塑。

⑨南明山：位于浙江省新昌县，山谷中有大佛寺，寺内供有大弥勒佛石像。

⑩甄龙友：字云卿，宋永嘉人，诙谐善辩。

⑪橛 jué：一小段。《五灯会元》载："师一日访白兆，兆曰：'老僧有个木鱼颂。'师曰：'请举看。'兆曰：'伏惟烂木一橛，佛与众生不别。若以杖子系着，直得圣凡路绝。'"

简评

相传北宋时，有儿童过山下相中一石，许下心愿他日必镌石为佛。此童为宋僧思净，石即大佛头。大佛头原是缆船石，秦始皇、贾似道曾先后用来系船，思净慧眼识其灵性，遂雕镌成佛。细想来，系舟的石，膜拜的佛，其实并无两样。

保俶塔

宝石山高六十三丈，周一十三里。钱武肃王封寿星宝石山，罗隐为之记[①]。其绝顶为宝峰，有保俶塔，一名宝所塔，盖保俶塔也。宋太平兴国元年，吴越王俶闻唐亡而惧[②]，乃与妻孙氏、子惟濬、孙承祐入朝，恐其被留，许造塔以保之。称名，尊天子也。至都，赐礼贤宅以居，赏赉甚厚[③]。留两月遣还，赐一黄袱，封识甚固，戒曰："途中宜密观。"及启之，则皆群臣乞留俶章疏也[④]，俶甚感惧。既归，造塔以报佛恩。保俶之名，遂误为保叔。不知者遂有"保叔缘何不保夫"之句[⑤]。俶为人敬慎，放归后，每视事，徙坐东偏，谓左右曰："西北者，神京在焉，天威不违颜咫尺[⑥]，俶敢宁居乎！"每修省入贡，焚香而后遣之。未几，以地归宋，封俶为淮海国王。其塔，元至正末毁[⑦]，僧慧炬重建。明成化间又毁，正德九年僧文镛再建[⑧]。嘉靖元年又毁，二十二年僧永固再建。隆庆三年大风折其顶，塔亦渐圮[⑨]，万历二十二年重修。其地有寿星石、屯霞石[⑩]。去寺百步，有看松台，俯临巨壑，凌驾松杪[⑪]，看者惊悸。塔下石壁孤峭，缘壁有精庐四五间，为天然图画阁。

黄久文《冬日登保俶塔》诗：

当峰一塔微，落木净烟浦。
日寒山影瘦，霜沏石棱苦[12]。
山云自悠然，来者适为主。
与子欲谈心，松风代吾语。

夏公谨《保叔塔》诗[13]：

客到西湖上，春游尚及时。
石门深历险，山阁静凭危。
午寺鸣钟乱，风潮去舫迟。
清樽欢不极，醉笔更题诗。

钱思复《保俶塔》诗[14]：

金刹天开画，铁檐风语铃。
野云秋共白，江树晚逾青。
凿屋岩藏雨，黏崖石坠星。
下看湖上客，歌吹正沉冥。

注释

①罗隐：字昭谏，余杭人，晚唐著名诗人，归依吴越王钱镠。

②吴越王俶 chù：吴越忠懿王钱弘俶（948—978 在位）。

唐亡：指五代十国之南唐为北宋所灭。

③赏赉 lài：赏赐。

④章疏：旧时臣下向君上进呈的言事文书。

⑤保叔缘何不保夫：全诗为："保叔缘何不保夫，夫情谅比叔情多。西湖纵有千顷水，难洗心头一点污。"此乃笑谈，认为既然塔名"保叔"，一定是嫂嫂造塔祈求庇佑小叔子，故以此诗讽之。

⑥天威不违颜咫尺：语出《左传·僖公九年》，原谓天鉴察不远，威严如常在面前，文中意为离天子容颜极近。

⑦至正：元顺帝年号（1341—1368）。

⑧正德：明武宗年号（1506—1521）。

⑨圮 pǐ：倒塌。

⑩寿星石：初名落星石，后为了求寿，钱王将其改为"寿星石"。屯霞石：石赭如霞，立于崖壁，有明代孙克宏所题"屯霞"两字。

⑪杪 miǎo：树枝的末梢。

⑫泐 lè：石头被水冲激而形成的纹理。

⑬夏公瑾：夏言（1482—1548），字公瑾，江西贵溪人，官至朝廷首辅，被严嵩所害。

⑭钱思复：钱惟善，字思复，号曲江居士，钱塘人。元代文人。

简评

“保俶塔”之名历来有多种说法，何必孜孜求证，且观其景色奇美即可。此塔伫立山巅，巍然挺秀，晨昏与山壁相映生辉，散发悠久光芒。塔下有峭壁孤立，缀以零星庐舍，登高俯览，岂非天然画卷乎？

玛瑙寺

玛瑙坡在保俶塔西，碎石文莹，质若玛瑙，土人采之，以镌图篆。晋时遂建玛瑙宝胜院，元末毁，明永乐间重建。有僧芳洲，仆夫艺竹得泉[①]，遂名仆夫泉。山颠有阁，凌空特起，凭眺最胜，俗称玛瑙山居。寺中有大钟，侈弇齐适[②]，舒而远闻，上铸《莲经》七卷[③]，《金刚经》三十二分。昼夜十二时，保六僧撞之[④]。每撞一声，则《法华》七卷、《金刚》三十二分，字字皆声。吾想法夜闻钟，起人道念，一至旦昼，无不牿亡[⑤]。今于平明白昼时，听钟声猛为提醒，大地山河，都为震动，则铿锵一响[⑥]，是竟《法华》一转、《般若》一转矣。内典云[⑦]："人间钟鸣未歇际，地狱众生，刑具暂脱此间也。"鼎革以后[⑧]，恐寺僧惰慢，不克如前。

张岱《玛瑙寺长鸣钟》诗：

女娲炼石如炼铜，铸出梵王千斛钟[⑨]。
仆夫泉清洗刷早，半是顽铜半玛瑙。
锤金琢玉昆吾刀[⑩]，盘旋钟纽走蒲牢[⑪]。
十万八千《法华》字，《金刚般若》居其次。

贝叶灵文满背腹[12]，一声撞破莲花狱[13]。
万鬼桁杨暂脱离[14]，不愁漏尽啼荒鸡。
昼夜百刻三千杵，菩萨慈悲泪如雨。
森罗殿前免刑戮，恶鬼狰狞齐退役。
一击渊渊大地惊[15]，青莲字字有潮音[16]。
特为众生解冤结，共听毗卢广长舌[17]。
敢言佛说尽荒唐，劳我阇黎日夜忙[18]。
安得成汤开一面[19]，吉网罗钳都不见[20]。

注释

①艺：种植。

②侈弇 yǎn：钟口的大小。

③《莲经》：《妙法莲花经》，又称《法华经》。

④保：使、分派。

⑤牿 gù 亡：受遏制而消亡。

⑥铿锵 kēnghōng：形容声音洪亮。

⑦内典：佛经。宋王禹偁云："释子谓佛书为内典，谓儒书为外学。"

⑧鼎革：建立新的，革除旧的。

⑨梵王：色界初禅天的大梵天王。亦泛指此界诸天之王。

⑩昆吾刀：昆吾为《山海经》中的神山。传说山上多赤铜，以之作刃，切玉如割泥。

⑪钟纽：钟底供悬挂处。蒲牢：古代传说中的一种生活在海边的兽，据说它吼叫的声音非常洪亮，故古人常在钟上铸刻蒲牢的形象。

⑫贝叶灵文：佛经。古印度人用贝叶写经。

⑬莲花狱：佛家谓地狱。

⑭桁 háng 杨：古时套在囚犯身上的一种枷锁。

⑮渊渊：鼓声。《诗经·小雅·采芑》云："伐鼓渊渊，振旅阗阗。"

⑯潮音：诵经之声。

⑰毗 pí 卢：毗卢舍那的简称，即大日如来。佛名。广长舌：指佛的舌头。据说佛舌广而长，覆面至发际，故名。

⑱阇 shé 黎：佛教用语，指高僧，泛指和尚。

⑲成汤开一面：语出《史记·殷本纪》，即网开一面。

⑳吉网罗钳：指吉温与罗希奭 shì，古时酷吏。

简评

于仆夫泉水濯足，于玛瑙山居闻钟，静夜之中，尘氛涤去，风清月朗。登山巅之阁，临空远眺，浊气荡尽，山明水秀。眼前所见岂止珍珠玛瑙之属，更有一片大好的人世风景。

智果寺

智果寺，旧在孤山，钱武肃王建。宋绍兴间[①]，造四圣观[②]，徙于大佛寺西。先是东坡守黄州，於潜僧道潜[③]，号参寥子，自吴中来访，东坡梦与赋诗，有“寒食清明都过了，石泉槐火一时新”之句。后七年，东坡守杭，参寥卜居智果，有泉出石罅间。寒食之明日，东坡来访，参寥汲泉煮茗，适符所梦。东坡四顾坛壝[④]，谓参寥曰：“某生平未尝至此，而眼界所视，皆若素所经历者。自此上忏堂，当有九十三级。”数之，果如其言，即谓参寥子曰：“某前身寺中僧也，今日寺僧皆吾法属耳，吾死后，当舍身为寺中伽蓝[⑤]。”参寥遂塑东坡像，供之伽蓝之列，留偈壁间，有“金刚开口笑钟楼，楼笑金刚雨打头。直待有邻通一线，两重公案一时修”。后寺破败。崇祯壬申，有扬州茂才鲍同德字有邻者，来寓寺中，东坡两次入梦，属以修寺，鲍辞以“贫士安办此？”公曰：“子第为之，自有助子者。”次日，见壁间偈有“有邻”二字，遂心动，立愿作《西泠记梦》，见人辄出示之。一日至邸[⑥]，遇维扬姚永言[⑦]，备言其梦。座中有粤东谒选进士宋公兆禴者[⑧]，甚为骇异。次日，宋公筮仕[⑨]，遂得仁和[⑩]。永言怂恿之，宋公力任其艰，寺得再葺。时有泉适出寺后，好事者仍名之参寥泉焉。

注释

①绍兴：宋高宗年号（1131—1162）。

②四圣观：其来历请参见卷三《西湖中路·六一泉》。

③於潜：县名，在今浙江省。道潜：宋代诗僧，俗姓何，号参寥子。

④坛壝 wěi：坛场，祭祀场所。

⑤伽蓝：僧院。

⑥邸：文中指京城。

⑦维扬：即江苏扬州。姚永言：姚思孝，字永言，江都人，崇祯元年进士，后削发为僧。

⑧谒选：官吏赴吏部应选。宋兆禴 yuè：字尔孚，广东揭阳人。

⑨筮 shì 仕：古人将出仕为官，卜问吉凶。文中指得到指派初出做官。

⑩仁和：仁和县，在今杭州市。

简评

梦中得来美丽诗句，心心念念难以忘怀。他日与作诗之人相聚，煮石泉，撷新茶，相对品茗。茶香悠然间九年飘然而过，尘封之梦豁然露出轮廓，此情此景恰是当年梦境。泉为参寥泉，为念友人，为记梦境。然而人世无情，友人易散，往日的想念，今日的清欢，于无涯的时间仅是一瞬，也许能记住的，也只有这雨露甘泉，参廖香茶之味。

六贤祠

宋时西湖有三贤祠两：其一在孤山竹阁，三贤者，白乐天、林和靖、苏东坡也；其一在龙井资圣院，三贤者，赵阅道、僧辨才、苏东坡也[①]。宝庆间[②]，袁樵移竹阁三贤祠于苏公堤[③]，建亭馆以沽官酒[④]。或题诗云："和靖东坡白乐天，三人秋菊荐寒泉。而今满面生尘土，却与袁樵趁酒钱。"又据陈眉公笔记[⑤]，钱塘有水仙王庙，林和靖祠堂近之。东坡先生以和靖清节映世，遂移神像配食水仙王[⑥]。黄山谷有《水仙花》诗用此事[⑦]："钱塘昔闻水仙庙，荆州今见水仙花。暗香靓色撩诗句，宜在孤山处士家。"则宋时所祀，止和靖一人。明正德三年，郡守杨孟瑛重浚西湖[⑧]，立四贤祠，以祀李邺侯、白、苏、林四人，杭人益以杨公，称五贤。而后乃祧杨公[⑨]，增祀周公维新、王公弇州[⑩]，称六贤祠。张公亮曰[⑪]："湖上之祠，宜以久居其地，与风流标令为山水深契者，乃列之。周公冷面，且为神明，有别祠矣；弇州文人，与湖非久要，今并四公而坐，恐难熟热也。"人服其确论。

张明弼《六贤祠》诗：

山川亦自有声气，西湖不易与人热。
五日京兆王弇州[12]，冷面臬司号寒铁[13]。
原与湖山非久要，心胸不复留风月。
犹议当时李邺侯，西泠尚未通舟楫。
惟有林苏白乐天，真与烟霞相结纳。
风流俎豆自千秋[14]，松风菊露梅花雪。

注释

①赵阅道：赵抃 biàn（1008—1084），字阅道，北宋衢州人，曾任杭州知州。辨才：即元净，号辨才，字无象，宋杭州於潜人。

②宝庆：宋理宗年号（1225—1227）。

③袁樵：应为袁韶，字彦淳，宋鄞县人，曾为临安府尹。

④官酒：官酿官卖的酒。

⑤陈眉公：陈继儒（1558—1639），字仲醇，号眉公，松江华亭人，晚明名士，隐居佘山。

⑥配食：合祭；兼祀。

⑦黄山谷：黄庭坚（1045—1105），字鲁直，号山谷道人，洪州分宁人，北宋诗人，江西诗派开山之祖。

⑧杨孟瑛：字温甫，四川丰都人，曾任杭州知府。

⑨祧 tiāo：把神主迁入远祖的庙。文中指迁杨公去他庙。

⑩周公维新：周新，有“冷面寒铁”之称，详见卷五《西

湖外景·城隍庙》。王公弇 yǎn 州：指王世贞（1526—1590），字元美，号凤洲，江苏太仓人。明“后七子”领袖之一。

⑪张公亮：张明弼（1584—1653），字公亮，江苏金坛人。明代文学家。

⑫五日京兆：语出《汉书·张敞传》。文中指王世贞任杭州知府为期甚短。

⑬臬 niè 司：按察使。

⑭俎 zǔ 豆：指祭祀。

简评

三贤堂曾栖于苏堤锁澜桥的花坞，那里景色奇美，林木摇天，湖水澄鲜。据程珌《洺水集》卷七《代作三贤堂记》载，袁韶所建三贤堂，“一径窈然，与人世隔，如宫水精，如屋琉璃。”堂有三额，曰“水西云北”，曰“月香水影”，曰“晴光雨色”。三贤堂固然是“尊礼名胜”，袁韶沽酒一事，又为周遭景物平添几分风流蕴藉。

西泠桥

西泠桥，一名西陵，或曰即苏小小结同心处也[1]。及见方子公诗有云："数声渔笛知何处，疑在西泠第一桥。"陵作泠，苏小恐误。余曰："管不得，只西陵便好。且白公断桥诗'柳色青藏苏小家'，断桥去此不远，岂不可借作西泠故实耶！"昔赵王孙孟坚子固[2]，常客武林[3]，值菖蒲节[4]，周公谨同好事者邀子固游西湖[5]。酒酣，子固脱帽，以酒晞发[6]，箕踞歌《离骚》[7]，傍若无人[8]。薄暮入西泠桥，掠孤山，舣舟茂树间，指林麓最幽处，瞪目叫曰："此真洪谷子、董北苑得意笔也[9]。"邻舟数十，皆惊骇绝叹，以为真谪仙人[10]。得山水之趣味者，东坡之后，复见此人。

袁宏道《西泠桥》诗[11]：

西泠桥，水长在。
松叶细如针，不肯结罗带。
莺如衫，燕如钗。
油壁车[12]，砍为柴。
青骢马，自西来。
昨日树头花，今朝陌上土。

恨血与啼魂，一半逐风雨。

《桃花雨》诗：

浅碧深红大半残，恶风催雨剪刀寒。
桃花不比杭州女，洗却胭脂不耐看。

李流芳《西泠桥题画》[13]：

余尝为孟旸题扇[14]："多宝峰头石欲摧，西泠桥边树不开。轻烟薄雾斜阳下，曾泛扁舟小筑来。"西泠桥树色，真使人可念，桥亦自有古色。近闻且改筑，当无复旧观矣。对此怅然。

注释

①苏小小：杭州名妓。参见卷三《西湖中路·苏小小墓》。

②赵王孙孟坚子固：赵孟坚，字子固，为宋宗室，故称"王孙"。善诗画，宋亡后隐居。

③武林：杭州。

④菖蒲节：端午节。民间在端午节用菖蒲与艾叶扎束挂在门前。

⑤周公瑾：周密（1232—1298），字公瑾，号草窗。宋末词人，著有《武林旧事》等。

⑥晞 xī 发：晒发使干，常指高洁脱俗的行为。后亦指洗发。

⑦箕踞：席地而坐，张开两腿，不拘礼节。

⑧傍 páng ：旁边。

⑨洪谷子：荆浩，字浩然，沁水人，隐居太行洪谷。董北苑：董源，字叔达，钟陵人，曾任北苑副使。两人均为五代山水画家。

⑩谪仙人：从天上贬谪到人间的神仙。后指贺知章对李白的赞叹。

⑪袁宏道《西泠桥》诗：吟咏苏小小与阮郁的爱情。

⑫油壁车：古人乘坐的一种车子，车壁用油涂饰。《西湖佳话·西泠韵迹》载："(苏小小）遂叫人去制造一驾小小的香车来乘坐，四围有幔幕垂垂，命名为油壁车。"

⑬李流芳（1575—1629）：字长蘅，居嘉定，工诗文书画，"嘉定四先生"之一。

⑭孟旸：程嘉燧（1565—1643)，字孟阳（书中为旸)，休宁人，寓居嘉定，工诗文。

简评

许承祖诗云："一掬西泠桥下水，半含秋思半含春。"那时的西泠桥笙歌鼓吹不休，水面画舫如鳞，游人于桥上赏览风景、追怀韵事。王孙赵孟坚的山水之趣亦令人怀想：酒酣之际，脱帽散发，箕踞长歌，走过薄暮浸染的西泠桥，去往孤山，去欣赏茂树林麓间画卷一般的景物。

岳王坟

岳鄂王死[①]，狱卒隗顺负其尸[②]，逾城至北山以葬。后朝廷购求葬处，顺之子以告。及启棺如生，乃以礼服殓焉。隗顺，史失载。今之得以崇封祀享，肸蚃千秋[③]，皆顺力也。倪太史元璐曰[④]："岳王祠，泥范忠武，铁铸桧、卨[⑤]，人之欲不朽桧、卨也，甚于忠武。"按公之改谥忠武，自隆庆四年。墓前之有秦桧、王氏、万俟卨三像[⑥]，始于正德八年，指挥李隆以铜铸之，旋为游人挞碎[⑦]。后增张俊一像[⑧]。四人反接，跪于丹墀[⑨]。自万历二十六年，按察司副使范涞易之以铁[⑩]，游人椎击益狠，四首齐落，而下体为乱石所掷，止露肩背。旁墓为银瓶小姐。王被害，其女抱银瓶坠井中死。杨铁崖乐府曰[⑪]："岳家父，国之城；秦家奴，城之倾。皇天不灵，杀我父与兄。嗟我银瓶为我父，缇萦生不赎父死[⑫]，不如无生。千尺井，一尺瓶，瓶中之水精卫鸣。"墓前有分尸桧，天顺八年[⑬]，杭州同知马伟锯而植之，首尾分处，以示磔桧状[⑭]。隆庆五年，大雷击折之。朱太史之俊曰[⑮]："一秦桧耳，铁首木心，俱不能保至此。"天启丁卯[⑯]，浙抚造祠媚珰[⑰]，穷工极巧，徙苏堤第一桥于百步之外，数日立成，骇其神速。崇祯改元，魏珰败，毁其祠，议以木石修王庙。卜之王，王弗许。

岳云，王之养子，年十二从张宪战，得其力，大捷，号曰“嬴官人”，军中皆呼焉。手握两铁锤，重八十斤。王征伐，未尝不与，每立奇功，王辄隐之。官至左武大夫、忠州防御使。死年二十二，赠安远军承宣使。所用铁锤犹存。

张宪为王部将，屡立战功。绍兴十年，兀术屯兵临颍[18]，宪破其兵，追奔十五里，中原大振。秦桧主和，班师。桧与张俊谋杀岳飞，诱飞部曲能告飞事者，卒无人应。张俊锻炼宪，被掠无完肤，强辩不伏，卒以冤死。景定二年[19]，追封烈文侯。正德十二年，布衣王大祐发地得碣石，乃崇封焉。郡守梁材建庙，修撰唐皋记之[20]。

牛皋墓在栖霞岭上。皋字伯远，汝州人，岳鄂王部将，素立战功。秦桧惧其怨己，一日大会众军士，置毒害之。皋将死，叹曰：“吾年近六十，官至侍从郎，一死何恨，但恨和议一成，国家日削。大丈夫不能以马革裹尸报君父[21]，是为叹耳！”

张景元《岳坟小记》[22]：

岳少保坟祠，祠南向，旧在阛阓[23]。孙中贵为买民居[24]，开道临湖，殊惬大观。祠右衣冠葬焉。石门华表，形制不巨，雅有古色。

周诗《岳王坟》诗[25]：

将军埋骨处，过客式英风。
北伐生前烈，南枝死后忠[26]。
干戈戎马异，涕泪古今同。
目断封丘上，苍苍夕照中。

高启《岳王坟》诗[27]：

大树无枝向北风，千年遗恨泣英雄。
班师诏已成三殿[28]，射虏书犹说两宫[29]。
每忆上方谁请剑[30]，空嗟高庙自藏弓[31]。
栖霞岭上今回首[32]，不见诸陵白雾中[33]。

唐顺之《岳王坟》诗[34]：

国耻犹未雪，身危亦自甘。
九原人不返[35]，万壑气长寒。
岂恨藏弓早，终知借剑难。
吾生非壮士，于此发冲冠。

蔡汝南《岳王墓》诗[36]：

谁将三字狱[37]，堕此一长城[38]。
北望真堪泪，南枝空自荣。

国随身共尽，君恃相为生。
落日松风起，犹闻剑戟鸣。

王世贞《岳坟》诗：

落日松杉覆古碑，英风飒飒动灵祠。
空传赤帝中兴诏[39]，自折黄龙大将旗[40]。
三殿有人朝北极，六陵无树对南枝。
莫将乌喙论勾践[41]，鸟尽弓藏也不悲。

徐渭《岳坟》诗[42]：

墓门惨淡碧湖中，丹雘朱扉射水红[43]。
四海龙蛇寒食后[44]，六陵风雨大江东[45]。
英雄几夜乾坤博[46]，忠孝传家俎豆同。
肠断两宫终朔雪[47]，年年麦饭隔春风[48]。

张岱《岳王坟》诗：

西泠烟雨岳王宫，鬼气阴森碧树丛。
函谷金人长堕泪[49]，昭陵石马自嘶风[50]。
半天雷电金牌冷[51]，一族风波夜壑红[52]。
泥塑岳侯铁铸桧，只令千载骂奸雄。

董其昌《岳坟柱对》[53]：

南人归南，北人归北，小朝廷岂求活耶。

孝子死孝，忠臣死忠，大丈夫当如是矣。

张岱《岳坟柱铭》：

呼天悲铁象，此冤未雪，常闻石马哭昭陵。

拓地饮黄龙，厥志当酬，尚见泥兵湿蒋庙[54]。

注释

①岳鄂王：岳飞（1103—1142），字鹏举，汤阴人，南宋抗金名将，被秦桧杀害，嘉定四年（1211），追封鄂王。

②隗 wěi：姓。

③肸蚃千秋：谓神灵感念，流芳百世。肸蚃 xīxiǎng，比喻灵感通微。

④倪太史元璐：倪元璐（1593—1644），字玉汝，号洪宝，明末浙江上虞人，官至尚书，擅长书画。

⑤桧：秦桧（1090—1155），字会之，宋江宁人，高宗朝宰相，力主降金。卨：万俟卨 mòqíxiè（1083—1157），字元忠，宋开封阳武人。任监察御史，为秦桧帮凶。

⑥王氏：秦桧之妻。

⑦挞 tà：用鞭棍等击打。

⑧张俊（1086—1154）：字伯英，宋成纪人。初为“南宋中兴四大名将”之一，后追随秦桧，陷害岳飞。

⑨丹墀 chí：官府或祠庙的台阶。

⑩范涞：字原易，安徽休宁人。曾任浙江按察司副使，多次重铸跪像。

⑪杨铁崖：杨维桢（1296—1370），字廉夫，号铁涯，绍兴会稽人。元末诗坛领袖，著有《铁涯乐府》等。

⑫缇萦：汉代孝女。西汉时上书文帝，愿入身为官婢以赎父罪。《汉书·刑法志》《史记·孝文本纪》都有记载。

⑬天顺：明英宗年号（1457—1464）。

⑭磔 zhé：古代分尸酷刑。

⑮朱太史之俊：朱之俊，字擢秀，明代山西汾阳人，曾为翰林学士。

⑯天启：明熹宗年号（1621—1627）。天启丁卯即天启七年（1627）。

⑰珰：本指妇女的耳饰，亦为宦官的代称。文中指明末太监魏忠贤。

⑱兀术：完颜宗弼，本名兀术，太祖阿骨打之子，曾率金兵攻宋。屯兵：驻屯部队。

⑲景定：宋理宗年号（1260—1264）。

⑳唐皋（1469—1524）：字守之，号心庵，明代歙县人，曾任翰林院修撰。

㉑马革裹尸：用马皮把尸体包裹起来。典出《后汉书·马援传》，形容战死沙场的英勇与决心。

㉒张景元：当为张京元，字思德，号无始，明代江苏泰兴人。

㉓阛阓 huánhuì：街市，街道。

㉔孙中贵：即孙隆，明太监。

㉕周诗：字以言，明代江苏昆山人，擅长诗文，精通医术。

㉖南枝：传说岳坟上树枝皆向南，昭示岳飞至死对南宋之忠心。

㉗高启（1336—1373）：字季迪，号青邱子，长洲人，明初诗人。

㉘班师诏：指高宗所下撤回岳家军的诏令。三殿：借指皇宫。

㉙射虏书：系于箭上射向敌营的文书。“射虏书”句谓向敌方交涉归还徽、钦二帝。

㉚上方：尚方剑。皇帝的御用宝剑，持有尚方宝剑的大臣，具有先斩后奏等代表皇权的权力。

㉛高庙：指宋高宗。藏弓：鸟尽弓藏。《史记·淮阴侯列传》载：“狡兔死，走狗烹。高鸟尽，良弓藏。”“高庙”句意为空叹宋高宗杀害了功臣。

㉜栖霞岭：在西湖北，旧多桃花，灿如烟霞。

㉝诸陵：杭州郊外南宋诸帝陵墓。

㉞唐顺之（1507—1560）：字应德，号荆川，江苏武进人。明中叶散文家，唐宋派代表人物。

㉟九原：九泉，黄泉。

㊱蔡汝南：应为蔡汝楠（1514—1565），字子木，明湖州德清人。

㊲三字狱：指秦桧诬陷岳飞的“莫须有”罪名。

㊳堕此一长城：自毁长城，自取灭亡。语出《宋书·檀道济传》。

㊴“空传”句：意为宋高宗即位诏书中有关中兴国家的誓言全部落空。赤帝，汉高祖刘邦，文中指宋高宗。

㊵黄龙：即金国黄龙府。岳飞有言：“直抵黄龙府，与诸君痛饮耳！”

㊶乌喙 huì：即乌喙。语出《史记·越王勾践世家》。范蠡评价越王：“为人长颈乌喙，可与共患难，不可与共乐。”

㊷徐渭（1521—1593）：字文长，晚号青藤道人。山阴人。明代书画家、诗人。

㊸丹臒 huò：红色的颜料。

㊹龙蛇、寒食：皆用介子推事。典出《史记·晋世家》。介子推有功无禄，从者怜之，作书云：“龙欲上天，五蛇为辅。龙已升云，四蛇各入其宇，一蛇独怨，终不见处所。”晋文公见此书后使人召子推，子推逃至绵山，文公为逼其出山，放火烧山，介子推抱树而亡。后为纪念他，便在寒食禁火。此为“寒

食节”来历。此文中是为岳飞抱不平。

㊺“六陵”句：指南宋六陵被掘的遗恨。

㊻博：通“搏”，争斗。

㊼“断肠”句：意为徽、钦二帝死于北方积雪之地。两宫，徽、钦二帝。

㊽“年年”句：意为徽、钦二帝无法享用宋室之祭祀。麦饭，子孙供给祖先的祭品。

㊾函谷金人：李白《古风》云：“收兵铸金人，函谷正东开。”意为秦始皇统一天下之后的张扬气派。长堕泪：传说汉武帝为求仙，在宫中竖金铜仙人以承接仙露。汉魏更迭，魏明帝将金铜仙人从长安拆至邺城，仙人潸然泪下。此文中喻北宋倾覆之悲。

㊿昭陵：唐太宗陵墓，墓前有六匹石人马，即昭陵六骏，相传石人马曾助唐军与安禄山奋战而胜。此文中喻宋军之败无可挽回。

(51)金牌：高宗退军令，连续下十二道金牌。

(52)风波：风波亭，岳飞遇害处。

(53)董其昌（1555—1636）：字玄宰，号思白，华亭人。明代书画家。

(54)泥兵湿蒋庙：相传南北朝时蒋帝神助南军挫败敌人，事后庙中人马塑像脚尚有泥湿。事见《南史·曹景宗传》。

简评

杭山水温软，岳飞事遒劲。颂扬与遗恨之外，乃是要传达一种意志与信念。旧日精神系于今日之湖，总有一种浩然之气隐于青山绿水间。作者于西湖北路之末题写岳飞之事，可谓深寄其意。

紫云洞

紫云洞在烟霞岭右。其地怪石苍翠，劈空开裂，山顶层层，如厦屋天构。贾似道命工疏剔建庵，刻大士像于其上。双石相倚为门，清风时来，谽谺透出[①]，久坐使人寒栗。又有一坎突出洞中，蓄水澄洁，莫测其底。洞下有懒云窝，四山围合，竹木掩映，结庵其中。名贤游览至此，每有遗世之思。洞旁一壑幽深，昔人凿石，闻金鼓声而止，遂名“金鼓洞”。洞下有泉，曰“白沙”。好事者取以瀹茗[②]，与虎跑齐名。

王思任诗[③]：

筝舆幽讨遍[④]，大壑气沉沉。
山叶逢秋醉，溪声入午喑。
是泉从竹护，无石不云深。
沁骨凉风至，僧寮絮碧阴。

注释

①谽谺 hānxiā：（山谷）空大。

②瀹 yuè 茗：煮茶。

③王思任（1572—1646）：字季重，号谑庵，明代山阴人。

④笋舆：竹轿。

简评

紫云洞景致清幽，石阶盘旋而下，豁然开朗。洞内暗藏寺宇，香烛袅袅。天光透入，恍若云霞。低湿处是天然水池，清澈幽窈。懒云窝四围青山竹木，乃是隐士结庐佳处。元代阿里西瑛有曲云："懒云窝，醒时诗酒醉时歌。瑶琴不理抛书卧，无梦南柯。"恰与此境相契。金鼓洞泉水滴沥，水石相击，如鸣鼓咚咚，暗合其名。内有一泓清泉，撷之煮茶，茶香清冽。

卷二　西湖西路

卷二 西学西渐

玉泉寺

玉泉寺为故净空院。南齐建元中[①]，僧昙起说法于此[②]，龙王来听，为之抚掌出泉，遂建龙王祠。晋天福三年[③]，始建净空院于泉左。宋理宗书“玉泉净空院”额。祠前有池亩许，泉白如玉，水望澄明，渊无潜甲。中有五色鱼百馀尾，投以饼饵，则奋鬐鼓鬣[④]，攫夺盘旋，大有情致。泉底有孔，出气如橐籥[⑤]，是即神龙泉穴。又有细雨泉，晴天水面如雨点，不解其故。泉出可溉田四千亩。近者曰鲍家田，吴越王相鲍庆臣采地也[⑥]。万历二十八年，司礼孙东瀛于池畔改建大士楼居。春时，游人甚众，各携果饵到寺观鱼，喂饲之多，鱼皆餍饫[⑦]，较之放生池，则侏儒饱欲死矣[⑧]。

道隐《玉泉寺》诗[⑨]：

在昔南齐时，说法有昙起。
天花堕碧空[⑩]，神龙听法语。
抚掌一赞叹，出泉成白乳。
澄洁更空明，寒凉却酷暑。
石破起冬雷，天惊逗秋雨[⑪]。

如何烈日中，水纹如碎羽。
言有橐籥声，气孔在泉底。
内多海大鱼，狰狞数百尾。
饼饵骤然投，要遮全振旅。
见食即忘生，无怪盗贼聚。

注释

①建元：南朝齐高帝年号（479—482）。

②昙起：南朝高僧，或作昙超。

③天福：后晋高祖年号（936—943）。

④鬐 qí：古时通“鳍”。鬣 liè：鱼颔旁小鳍。

⑤橐籥 tuóyuè：古代的一种鼓风吹火器。

⑥鲍庆臣：鲍君福（864—940），字庆臣，唐末五代余姚人。

⑦餍饫 yànyù：饱足。

⑧侏儒饱欲死：语出《汉书·东方朔传》，喻小人得志而贤才受屈。文中指寺院池中鱼饱食。

⑨道隐：即金堡（1614—1680），字卫公，又字道隐，明末浙江仁和人，明亡后为僧。

⑩“天花”句：传说佛祖讲经感动天神，各色香花纷纷下坠。文中指昙起说法妙语连篇。

⑪“石破”句：语本李贺《李凭箜篌引》诗“石破天惊逗秋雨”句。

简评

张岱之文与金堡之诗各臻其妙。诗固工整，文亦得情致。玉泉池如一块凝固之白玉，池底却有五色鱼“奋鬐鼓鬣”，夺食情态宛现眼前，又仿佛是玉石之纹。

集庆寺

九里松，唐刺史袁仁敬植[①]。松以达天竺，凡九里，左右各三行，每行相去八九尺。苍翠夹道，藤萝冒涂，走其下者，人面皆绿。行里许，有集庆寺，乃宋理宗所爱阎妃功德院也。淳祐十一年建造[②]。阎妃，鄞县人，以妖艳专宠后宫。寺额皆御书，巧丽冠于诸刹。经始时[③]，望青采斫[④]，勋旧不保，鞭笞追逮，扰及鸡豚。时有人书法堂鼓云："净慈灵隐三天竺，不及阎妃好面皮。"理宗深恨之，大索不得。此寺至今有理宗御容两轴。六陵既掘，冬青不生，而帝之遗像竟托阎妃之面皮以存，何可轻诮也。元季毁，明洪武二十七年重建。

张京元《九里松小记》：

九里松者，仅见一株两株，如飞龙劈空，雄古奇伟。想当年万绿参天，松风声壮于钱塘潮，今已化为乌有。更千百岁，桑田沧海，恐北高峰头有螺蚌壳矣，安问树有无哉！

陈玄晖《集庆寺》诗[5]：

玉钩斜内一阎妃[6]，姓氏犹传真足奇。
宫嫔若非能佞佛，御容焉得在招提[7]。
布地黄金出紫薇，官家不若一阎妃。
江南赋税凭谁用，日纵平章恣水嬉。
开荒筑土建坛壝，功德巍峨在石碑。
集庆犹存宫殿毁，面皮真个属阎妃。
昔日曾传九里松，后闻建寺一朝空。
放生自出罗禽鸟，听信阉黎说有功。

注释

①袁仁敬：字长源，唐开元年间为杭州刺史。

②淳祐：宋理宗年号（1241—1252）。

③经始：开始营建。

④斫 zhuó：用刀、斧等砍。

⑤陈玄晖：明代浙江海盐人，万历进士。

⑥玉钩斜：古代著名游宴地。在今江苏扬州，相传为隋炀帝葬宫人处。

⑦招提：寺院。

简评

以戏诮之笔写来，实含一声喟叹。宋帝御容传于嫔妃功德院，此种行迹，不如袁刺史植树留名，清风高节。

飞来峰

飞来峰，棱层剔透，嵌空玲珑，是米颠袖中一块奇石。使有石癖者见之，必具袍笏下拜[1]，不敢以称谓简亵[2]，只以石丈呼之也。深恨杨髡[3]，遍体俱凿佛像，罗汉世尊，栉比皆是，如西子以花艳之肤，莹白之体，刺作台池鸟兽，乃以黔墨涂之也。奇格天成，妄遭锥凿，思之骨痛。翻恨其不匿影西方，轻出灵鹫[4]，受人戮辱；亦犹士君子生不逢时，不束身隐遁，以才华杰出，反受摧残，郭璞、祢衡并受此惨矣[5]。慧理一叹，谓其何事飞来，盖痛之也，亦惜之也。且杨髡沿溪所刻罗汉，皆貌己像，骑狮骑象，侍女皆裸体献花，不一而足。田公汝成锥碎其一[6]；余少年读书岣嵝[7]，亦碎其一。闻杨髡当日住德藏寺，专发古冢，喜与僵尸淫媾。知寺后有来提举夫人与陆左丞化女，皆以色夭，用水银灌殓。杨命发其冢。有僧真谛者，性騃戆[8]，为寺中樵汲[9]，闻之大怒，嗥呼诟谇[10]。主僧惧祸，锁禁之。及五鼓，杨髡起，趣众发掘，真谛逾垣而出，抽韦驮木杵[11]，奋击杨髡，裂其脑盖。从人救护，无不被伤。但见真谛于众中跳跃，每逾寻丈，若隼撇虎腾[12]，飞捷非人力可到。

一时灯炬皆灭，耰锄畚插都被段坏[13]。杨髡大惧，谓是韦驮显圣，不敢往发，率众遽去，亦不敢问此僧也。洵为山灵吐气。

袁宏道《飞来峰小记》：

湖上诸峰，当以飞来峰为第一。峰石逾数十丈，而苍翠玉立。渴虎奔猊[14]，不足为其怒也；神呼鬼立，不足为其怪也；秋水暮烟，不足为其色也；颠书吴画[15]，不足为其变幻诘曲也。石上多异木，不假土壤，根生石外。前后大小洞四五，窕窈通明，溜乳作花[16]，若刻若镂。壁间佛像，皆杨髡所为，如美人面上瘢痕[17]，奇丑可厌。余前后登飞来者五：初次与黄道元[18]、方子公同登，单衫短后，直穷莲花峰顶。每遇一石，无不发狂大叫。次与王闻溪同登[19]；次为陶石篑、周海门[20]；次为王静虚[21]、陶石篑兄弟；次为鲁休宁[22]。每游一次，辄思作一诗，卒不可得。

又《戏题飞来峰》诗：

试问飞来峰，未飞在何处。
人世多少尘，何事飞不去。
高古而鲜妍，杨班不能赋[23]。

白玉簇其颠，青莲借其色。
惟有虚空心，一片描不得。
平生梅道人[24]，丹青如不识。

张岱《飞来峰》诗：

石原无此理，变幻自成形。
天巧疑经凿，神功不受型。
搜空或洚水[25]，开辟必雷霆。
应悔轻飞至，无端遭巨灵[26]。
石意犹思动，蹙踞势若撑[27]。
鬼工穿曲折，儿戏斫珑玲。
深入营三窟，蛮开倩五丁[28]。
飞来或飞去，防尔为身轻。

注释

①袍笏：朝服和手板。

②简亵：怠慢不恭、轻慢。

③杨髡 kūn：杨琏真伽，元代番僧，无恶不作。

④灵鹫：灵鹫山，在古印度。句意为灵鹫飞来受人戮辱，不如隐匿西方。

⑤郭璞（276—324）：字景纯，东晋河东闻喜县人，著名学者，好方术，擅游仙诗。祢 mí 衡（173—198）：字正平，东汉平原般县人，东汉末名士，

曾触怒曹操，为黄祖所杀。

⑥田公汝成：田汝成（1503—1557），字叔禾，钱塘人。著有《西湖游览志》等。

⑦岣嵝：岣嵝山房，在杭州灵隐韬光山下。

⑧骙戆 áizhuàng：迂愚刚直。

⑨樵汲：打柴汲水。

⑩嗥呼诟谇：大声辱骂斥责。

⑪韦驮：佛教驱除邪恶之神。

⑫隼 sǔn：鸟类，猛禽。

⑬耰 yōu：古代弄碎土块、平整土地的农具。

⑭猊 ní：狮子。

⑮颠书：唐代张旭的草书。张旭，字伯高，吴人，嗜酒，善草书，人称“草圣”。吴画：唐代吴道子的画。吴道子，名道玄，阳翟人。善画人物，人称“画圣”。

⑯溜乳：石灰溶岩形成的钟乳石。

⑰瘢 bān 痕：伤口愈合而形成的疤。

⑱黄道元：明代永嘉人，能诗文，袁宏道之友。

⑲王闻溪：王禹声，字闻溪，明代吴县人。

⑳周海门：周汝登，字继元，号海门，明代浙江嵊县人。此人名字袁氏原文作“海宁”。

㉑王静虚：王赞化，字静虚，明代山阴人。

㉒鲁休宁：鲁点，字子与，号乐同，明代南彰人，曾官休宁知县，故称“鲁休宁”。

㉓杨班：扬雄和班固，汉代辞赋家。

㉔梅道人：吴镇（1280—1354），字仲圭，号梅花道人，浙江嘉兴人，元代画家。

㉕搜空：铲除泥土。浲水：洪水。

㉖巨灵：传说中凿山通河的神。句意为飞来峰石壁无端饱受雕凿。

㉗躨跜 kuíní：踞伏貌。

㉘五丁：传说中五个力士。句意为开辟蛮荒之地有赖于五丁。

简评

据《咸淳临安志》载，东晋时天竺法师慧理至杭，登山惊叹曰："此中天竺国灵鹫山之小岭，不知何年飞来？"遂得"飞来峰"之名。西湖诸峰，素以"飞来"为第一。作者绕开风景不说，追溯来源，痛惜其飞来之举，弃彼来此，反遭摧戮。然杨髡之恶，人神共愤，寺僧奋击，愤恨之外亦见出惩恶之快意。

冷泉亭

冷泉亭在灵隐寺山门之左。丹垣绿树，翳映阴森。亭对峭壁，一泓泠然，凄清入耳。亭后西栗十馀株[1]，大皆合抱，冷飔暗樾[2]，遍体清凉。秋初栗熟，大若樱桃，破苞食之，色如蜜珀，香若莲房。天启甲子，余读书岣嵝山房，寺僧取作清供。余谓鸡头实无其松脆[3]，鲜胡桃逊其甘芳也。夏月乘凉，移枕簟就亭中卧月，涧流淙淙，丝竹并作。张公亮听此水声，吟林丹山诗[4]："流出西湖载歌舞，回头不似在山时。"言此水声带金石，已先作歌舞声矣，不入西湖安入乎？余尝谓住西湖之人，无人不带歌舞，无山不带歌舞，无水不带歌舞，脂粉纨绮，即村妇山僧，亦所不免。因忆眉公之言曰："西湖有名山，无处士；有古刹，无高僧；有红粉，无佳人；有花朝，无月夕。"曹娥雪亦有诗嘲之曰[5]："烧鹅羊肉石灰汤，先到湖心次岳王。斜日未曛客未醉，齐抛明月进钱塘。"余在西湖，多在湖船作寓，夜夜见湖上之月，而今又避嚣灵隐，夜坐冷泉亭，又夜夜对山间之月，何福消受。余故谓西湖幽赏，无过东坡，亦未免遇夜入城。而深山清寂，皓月空明，枕石漱流，卧醒花影，除林和靖、李岣嵝之外[6]，亦不见有多人矣。即慧理、宾王[7]，亦不许其同在卧次。

袁宏道《冷泉亭小记》：

灵隐寺在北高峰下，寺最奇胜，门景尤好。由飞来峰至冷泉亭一带，涧水溜玉，画壁流香，是山之极胜处。亭在山门外，常读乐天记有云："亭在山下水中，寺西南隅，高不倍寻，广不累丈，撮奇搜胜，物无遁形。春之日，草薰木欣，可以导和纳粹[8]；夏之日，风冷泉渟[9]，可以蠲烦析酲[10]。山树为盖，岩谷为屏，云从栋出，水与阶平。坐而玩之，可濯足于床下；卧而狎之，可垂钓于枕上。潺湲洁澈，甘粹柔滑，眼目之嚣，心舌之垢，不待盥涤，见辄除去。"观此亭记，当在水中，今依涧而立。涧阔不丈馀，无可置亭者。然则冷泉之景，比旧盖减十分之七矣。

注释

①西栗：相传僧人慧理自天竺携来而植的树木。

②飔 sī：凉风。樾 yuè：树荫。

③鸡头实：即芡实，一种植物，可食。

④林丹山：林稹，号丹山，江苏长洲人，南宋诗人。

⑤曹娥雪：曹勋，字允大，号峨雪，嘉善人，晚明文人。

⑥李岣嵝：李茇。参见本卷《岣嵝山房》。

⑦宾王：骆宾王，婺州义乌人，唐初文学家。

⑧导和纳粹：吸入新鲜空气。

⑨渟：水积聚而不流。

⑩蠲 juān 烦析酲 chéng ：解闷醒酒。

简评

泉在山中自是清流，奔向西湖则未能免俗。然泉水无心，是蠲烦清韵，是载歌丝竹，全凭闻者采听。“深山清寂，皓月空明，枕石漱流，卧醒花影”等语皆清妙可诵。

灵隐寺

明季昭庆寺火，未几而灵隐寺火，未几而上天竺又火，三大寺相继而毁。是时唯具德和尚为灵隐住持[①]，不数年而灵隐早成。盖灵隐自晋咸和元年[②]，僧慧理建，山门匾曰“景胜觉场”，相传葛洪所书[③]。寺有石塔四，钱武肃王所建。宋景德四年[④]，改景德灵隐禅寺，元至正三年毁。明洪武初再建，改灵隐寺。宣德七年[⑤]，僧昙谱建山门，良玠建大殿。殿中有拜石，长丈馀，有花卉鳞甲之文，工巧如画。正统十一年，玹理建直指堂，堂额为张即之所书[⑥]，隆庆三年毁。万历十二年，僧如通重建；二十八年司礼监孙隆重修，至崇祯十三年又毁。具和尚查如通旧籍，所费八万，今计工料当倍之。具和尚惨淡经营，咄嗟立办。其因缘之大，恐莲池金粟所不能逮也[⑦]。具和尚为余族弟，丁酉岁，余往候之，则大殿方丈尚未起工，然东边一带，闳阁精蓝凡九进[⑧]，客房僧舍百十馀间，棐几藤床[⑨]，铺陈器皿，皆不移而具[⑩]。香积厨中[⑪]，初铸三大铜锅，锅中煮米三担，可食千人。具和尚指锅示余曰：“此弟十馀年来所挣家计也。饭僧之众，亦诸刹所无。”午间方陪余斋，见有沙弥持赫蹏送看[12]，不知何事，第对沙弥曰：“命库头开仓。”沙弥去。及余饭后出寺门，见有千馀人蜂拥而来，肩上担米，顷刻上廪[13]，斗斛无声，忽然竟去。余问和尚，和尚曰：“此丹阳施主某，岁致米五百担，水脚挑钱，纤悉自备[14]，不许饮常住勺水[15]，七年于此矣。”余为嗟叹。因问大殿何时可成，和尚对以：“明年六月，为弟六十，法子万人，人馈十金，可得十万，则吾事济矣。”逾三年而大殿方丈俱落成焉。余作诗以记其盛。

张岱《寿具和尚并贺大殿落成》诗：

飞来石上白猿立，石自呼猿猿应石。
具德和尚行脚来，山鬼啾啾寺前泣。
生公叱石同叱羊[16]，沙飞石走山奔忙。
驱使万灵皆辟易，火龙为之开洪荒。
正德初年有簿对，八万今当增一倍。
谈笑之间事已成，和尚功德可思议。
黄金大地破悭贪，聚米成丘粟若山。
万人团簇如蜂蚁，和尚植杖意自闲。
余见催科只数贯，县官敲朴加煅炼。
白粮升合尚怒呼，如坻如京不盈半[17]。
忆昔访师坐法堂，赫蹄数寸来丹阳。
和尚声色不易动，第令侍者开仓场。

去不移时阶陀乱[18]，白粲驮来五百担。
上仓斗斛寂无声，千百人夫顷刻散。
米不追呼人不系，送到座前犹屏气。
公侯福德将相才，罗汉神通菩萨慧。
如此工程非戏谑，向师颂之师不诺。
但言佛自有因缘，老僧只怕因果错。
余自闻言请受记，阿难本是如来弟[19]。
与师同住五百年，挟取飞来复飞去。

张祜《灵隐寺》诗[20]：

峰峦开一掌，朱槛几环延。
佛地花分界，僧房竹引泉。
五更楼下月，十里郭中烟。
后塔耸亭后，前山横阁前。
溪沙涵水静，洞石点苔鲜。
好是呼猿父，西岩深响连。

贾岛《灵隐寺》诗[21]：

峰前峰后寺新秋，绝顶高窗见沃洲。
人在定中闻蟋蟀[22]，鹤于栖处挂猕猴。
山钟夜度空江水，汀月寒生古石楼。
心欲悬帆身未逸，谢公此地昔曾游[23]。

周诗《灵隐寺》诗：

灵隐何年寺，青山向此开。
涧流元不断，峰石自飞来。
树覆空王苑，花藏大士台。
探冥有玄度[24]，莫遣夕阳催。

注释

①具德和尚：张弘礼（1600—1667），字具德，张岱族弟，即下文“具和尚”。

②咸和：东晋成帝年号（326—334）。

③葛洪：字稚川，号抱朴子，丹阳句容人，东晋道教学者，著有《抱朴子》等书。

④景德：宋真宗年号（1004—1007）。

⑤宣德：明宣宗年号（1426—1435）。

⑥张即之（1186—1263）：字温夫，号樗寮，历阳人，南宋书法家。

⑦莲池：明代高僧，参见卷五《西湖外景·云栖》。金粟：“金粟如来”的简称，即维摩诘大士。

⑧閟 bì：幽静。精蓝：“僧伽蓝摩”的简称，意为僧舍。

⑨棐 fěi：通“榧”，香榧，常绿乔木。

⑩不移而具：形容很快置齐。

⑪香积厨：寺院厨房。

⑫赫蹏 xìtí：古时用来书写的小幅绢帛，后为纸的别称。

文中指信件。

⑬廪 lǐn：米仓。

⑭纤悉：细致详尽。

⑮常住：寺院僧、道拥有的寺舍、田地、杂物等，称为“常住物”。

⑯“生公”句：形容具德和尚能力超凡。生公叱石，典出《莲社高贤传》，传说梁高僧竺道生讲经于虎丘寺，聚石为徒，石皆点头。叱羊，典出《神仙传·黄初平》，传说晋黄初平牧羊，入一石室四十馀年，其兄寻至石室，不见羊，初平对石叱曰：“羊起！”于是白石皆变为羊。

⑰如坻如京：形容谷物堆积如山。《诗经·小雅·甫田》曰：“曾孙之庾，如坻如京。”

⑱戺 shì：殿堂台阶两旁的斜石。

⑲阿难：阿难佛，释迦牟尼弟子，号称“多闻第一”。

⑳张祜：字承吉，唐代诗人。

㉑贾岛（779—843）：字浪仙，一作阆仙，范阳人，早年曾出家为僧，唐代诗人。

㉒定：入定，僧人闭目静坐。

㉓谢公：谢灵运（385—433），浙江会稽人，南朝宋山水诗人。

㉔玄度：月亮。

简评

踏入灵隐寺，自为祈愿而来，至于寺庙兴毁历史与主持修寺功德，关注者鲜矣。文章略过江南古刹景致，拈出一段传奇，盛誉族弟具德和尚。写完犹觉不够，再用诗语一一敷演，足见张岱对族弟崇敬感佩之情。

北高峰

北高峰在灵隐寺后，石磴数百级，曲折三十六湾。上有华光庙，以祀五圣。山半有马明王庙[①]，春日祈蚕者咸往焉。峰顶浮屠七级，唐天宝中建[②]，会昌中毁[③]；钱武肃王修复之，宋咸淳七年复毁[④]。此地群山屏绕，湖水镜涵，由上视下，歌舫渔舟，若鸥凫出没，烟波远而益微，仅觌其影。西望罗刹江[⑤]，若匹练新濯，遥接海色，茫茫无际。张公亮有句:“江气白分海气合，吴山青尽越山来。”诗中有画。郡城正值江潮之间，委蛇曲折，左右映带，屋宇鳞次，竹木云蓊，郁郁葱葱，凤舞龙盘，真有王气蓬勃。山麓有无着禅师塔。师名文喜，唐肃宗时人也[⑥]，瘗骨于此[⑦]。韩侂胄取为葬地[⑧]，启其塔，有陶龛焉。容色如生，发垂至肩，指爪盘屈绕身，舍利数百粒，三日不坏，竟荼毗之[⑨]。

苏轼《游灵隐高峰塔》诗：

言游高峰塔，蓐食始野装[⑩]。
火云秋未衰，及此初旦凉。
雾霏岩谷暗，日出草木香。

嘉我同来人，又便云水乡。
相劝小举足，前路高且长。
古松攀龙蛇，怪石坐牛羊。
惭闻钟磬音，飞鸟皆下翔。
入门空无有，云海浩茫茫。
惟见聋道人，老病时绝粮。
问年笑不答，但指穴梨床⑪。
心知不复来，欲归更彷徨。
赠别留匹布，今岁天早霜。

注释

①马明王：蚕神，又称马头娘。

②天宝：唐玄宗年号（742—755）。

③会昌：唐武宗年号（841—846）。

④咸淳：宋度宗年号（1265—1274）。

⑤罗刹江：即钱塘江。

⑥唐肃宗：唐朝皇帝李亨，756—761 年在位。

⑦瘗 yì：埋物祭地。

⑧韩侂 tuō 胄（1152—1207）：字节夫，相州安阳人。曾力主收复中原，兵败求和，被南宋朝廷杀害。

⑨荼毗 pí：僧人死而焚化其尸。

⑩蓐 rù 食：在床席上吃早餐。语出《左传·文公七年》：“秣马蓐食，潜师夜起。”

⑪穴梨床：谓梨木床被磨损穿孔。语出《高士传·管宁》："常坐一木榻，积五十馀年未尝箕踞，其榻上当膝处皆穿。"

简评

北高峰三十六湾，随作者性灵之笔曲至。渔舟若鸥凫，钱塘似匹练，城垣雄踞其间，有王者气象。其语可入画绘之。

韬光庵

韬光庵在灵隐寺右之半山，韬光禅师建。师，蜀人，唐太宗时，辞其师出游，师嘱之曰："遇天可留，逢巢即止。"师游灵隐山巢沟坞，值白乐天守郡[1]，悟曰："吾师命之矣。"遂卓锡焉[2]。乐天闻之，遂与为友，题其堂曰"法安"。内有金莲池、烹茗井，壁间有赵阅道、苏子瞻题名。庵之右为吕纯阳殿[3]，万历十二年建，参政郭子章为之记[4]。骆宾王亡命为僧，匿迹寺中。宋之问自谪所还至江南[5]，偶宿于此。夜月极明，之问在长廊索句，吟曰："鹫岭郁岧峣[6]，龙宫锁寂寥[7]。"后句未属，思索良苦。有老僧点长明灯，问曰："少年夜不寐，而吟讽甚苦，何耶？"之问曰："适欲题此寺，得上联而下句不属。"僧请吟上句，宋诵之。老僧曰："何不云'楼观沧海日，门对浙江潮。'"之问愕然，讶其遒丽，遂续终篇。迟明访之，老僧不复见矣。有知者曰："此骆宾王也。"

袁宏道《韬光庵小记》：

韬光在山之腰，出灵隐后二三里路，径甚可爱。古木婆娑，草香泉渍，淙淙之声，四分五络，达于山厨。庵内望钱塘江，浪纹可数。余始入灵隐，疑宋之问诗不似，意古人取景，或亦如近代词客，捃拾帮凑[8]。及登韬光，始知沧海、浙江、扪萝、刳木数语[9]，字字入画，古人真不可及。已宿韬光之次日，余与石篑、子公同登北高峰，绝顶而下。

张京元《韬光庵小记》：

韬光庵在灵鹫后，鸟道蛇盘，一步一喘。至庵，入坐一小室，峭壁如削，泉出石罅，汇为池，蓄金鱼数头。低窗曲槛，相向啜茗，真有武陵世外之想。

萧士玮《韬光庵小记》[10]：

初二，雨中上韬光庵。雾树相引，风烟披薄，木末飞流，江悬海挂。倦时踞石而坐，倚竹而息。大都山之姿态，得树而妍；山之骨格，得石而苍；山之营卫[11]，得水而活；惟韬光道中，能全有之。初至灵隐，求所谓"楼观沧海日，门对浙江潮"，竟无所有。至韬光，了了在吾目中矣。白太傅碑可读，雨中泉可听，恨僧少可语耳。枕上沸波，竟夜不息，视听幽独，喧极反寂。益信声无哀乐也[12]。

受肇和《自韬光登北高峰》诗：

高峰千仞玉嶙峋，石磴攀跻翠蔼分。
一路松风长带雨，半空岚气自成云。
上方楼阁参差见，下界笙歌远近闻。
谁似当年苏内翰，登临处处有遗文。

白居易《招韬光禅师》诗：

白屋炊香饭，荤膻不入家。
滤泉澄葛粉，洗手摘藤花。
青菜除黄叶，红姜带紫芽。
命师相伴食，斋罢一瓯茶。

韬光禅师《答白太守》诗：

山僧野性爱林泉，每向岩阿倚石眠。
不解栽松陪玉勒⑬，惟能引水种青莲。
白云乍可来青嶂，明月难教下碧天。
城市不能飞锡至⑭，恐妨莺啭翠楼前。

杨蟠《韬光庵》诗⑮：

寂寂阶前草，春深鹿自畊。
老僧垂白发，山下不知名。

王思任《韬光庵》诗：

云老天穷结数楹，涛呼万壑尽松声。
鸟来佛座施花去，泉入僧厨漉菜行。
一捺断山流海气，半株残塔插湖明。
灵峰占绝杭州妙，输与韬光得隐名。

又《韬光涧道》诗：

灵隐入孤峰，庵庵叠翠重。
僧泉交竹驿[16]，仙屋破云封。
绿暗天俱贵，幽寒月不浓。
涧桥秋倚处，忽一响山钟。

注释

①值白乐天守郡：白乐天即白居易，生活于中唐，非唐太宗时人，文中所言乃传说。

②卓锡：僧人出行多执锡杖，指僧人居留。

③吕纯阳：即吕洞宾，传说中的八仙之一。

④郭子章（1543—1618）：字相奎，号青螺，江西泰和人，曾任浙江参政。

⑤宋之问：字延清，汾州人，唐代诗人。

⑥岧峣 tiáoyáo：山高峻貌。

⑦龙宫：文中指寺院。

⑧捃 jùn 拾：拾取，收集。

⑨扪萝：攀缘葛藤。刳 kū 木：剖凿木头（用以做舟）。

⑩萧士玮（1585—1651）：字伯玉，明代江西泰和人。

⑪营卫：血脉、生机。

⑫声无哀乐：嵇康著有《声无哀乐论》，认为音乐本身无哀乐之别，“或闻哭而欢，或听歌而戚”，全在于人有感而发。

⑬玉勒：指贵客的坐骑。

⑭飞锡：云游。

⑮杨蟠：字公济，宋浙江章安人，曾任杭州通判。

⑯竹驿：引送山泉的竹筒。

简评

着墨一段诗人轶事，又借宋之问诗道出韬光风景。若无传奇轶闻在前，读所附诗文便只得庵边景致，未能领略韬光庵人文风流。作者于风景处说人文，用意可见。

岣嵝山房

李茇号岣嵝，武林人，住灵隐韬光山下。造山房数楹，尽驾回溪绝壑之上。溪声淙淙出阁下，高厓插天，古木蓊蔚，大有幽致。山人居此，孑然一身，好诗，与天池徐渭友善。客至，则呼僮驾小舫，荡桨于西泠断桥之间，笑咏竟日。以山石自磦生圹[①]，死即埋之[②]。所著有《岣嵝山人诗集》四卷。天启甲子，余与赵介臣、陈章侯、颜叙伯、卓珂月、余弟平子读书其中[③]。主僧自超，园蔬山蔌[④]，淡薄凄清。但恨名利之心未净，未免唐突山灵，至今犹有愧色。

张岱《岣嵝山房小记》[⑤]：

岣嵝山房，逼山、逼溪、逼韬光路，故无径不梁，无屋不阁。门外苍松傲睨，蓊以杂木，冷绿万顷，人面俱失。石桥低磴，可坐十人。寺僧刳竹引泉，桥下交交牙牙，皆为竹节。天启甲子，余键户其中者七阅月，耳饱溪声，目饱清樾。山上下多西栗、鞭笋，甘芳无比。邻人以山房为市，蓏果、羽族日致之，而独无鱼。乃潴溪为壑，系巨鱼数十头。有客至，辄取鱼给鲜。日晡必出，步冷泉亭、包园、飞来峰。一日，缘溪走看佛像，口口骂杨髡。见一波斯胡坐龙象，蛮女四五献花果，皆裸形，勒石志之，乃真伽像也。余椎落其首，并碎诸蛮女，置溺溲处以报之。寺僧以余为椎佛也，咄咄怪事，及知为杨髡，皆欢喜赞叹。

徐渭《访李岣嵝山人》诗：

岣嵝诗客学全真，半日深山说鬼神。
送到涧声无响处，归来明月满前津。
七年火宅三车客⑥，十里荷花两桨人。
两岸鸥凫仍似昨，就中应有旧相亲。

王思任《岣嵝僧舍》诗：

乱苔膏古荫，惨绿蔽新芊。
鸟语皆番异，泉心即佛禅。
买山应较尺，赊月敢辞钱。
多少清凉界，幽僧抱竹眠。

注释

①磥 lěi：古同“垒”，堆砌。 生圹：生前预造的坟墓。

②死即埋之：语出《晋书·刘伶传》：“（刘伶）常乘鹿车，携一壶酒，使人荷锸随之，谓曰‘死便埋我’。”

③赵介臣：赵继抃，字介臣。清初起义被获，不屈而死。陈章侯：陈洪绶（1598—1652），字章侯，号老莲，浙江诸暨人，明末画家。颜叙伯：明代遗民，入清后隐居。卓珂月：卓人月（1606—1636），字珂月，号蕊渊，浙江仁和人。余弟平子：张平子，张岱胞弟。

④蔌 sù：蔬菜的总称。

⑤《岣嵝山房小记》：此文选自张岱《陶庵梦忆》，原名《岣嵝山房》。

⑥“七年”句：徐渭被系七年才释。徐渭杀妻，曾被关入监牢七年。见《明史》卷二八八：“又击杀继妻，论死系狱，里人张元忭力救得免。”

简评

作者自恨名利之心浊，叨扰山灵水伯之净。然作者落笔作文清拔有逸气，可想见其人纵无岣嵝山人骀宕任性，亦不乏率真拔俗之性情。

青莲山房

青莲山房，为涵所包公之别墅也[1]。山房多修竹古梅，倚莲花峰[2]，跨曲涧，深岩峭壁，掩映林麓间。公有泉石之癖，日涉成趣。台榭之美，冠绝一时。外以石屑砌坛，柴根编户，富贵之中，又着草野。政如小李将军作丹青界画[3]，楼台细画，虽竹篱茆舍[4]，无非金碧辉煌也。曲房密室，皆储偫美人[5]，行其中者，至今犹有香艳。当时皆珠翠团簇，锦绣堆成。一室之中，宛转曲折，环绕盘旋，不能即出。主人于此，精思巧构，大类迷楼[6]。而后人欲如包公之声伎满前，则亦两浙荐绅先生所绝无者也。今虽数易其主，而过其门者必曰“包氏北庄”。

陈继儒《青莲山房》诗：

造园华丽极，反欲学村庄。
编户留柴叶，磊坛带石霜。
梅根常塞路，溪水直穿房。
觅主无从入，裴回走曲廊。
主人无俗态，筑圃见文心。
竹暗常疑雨，松梵自带琴。

牢骚寄声伎，经济储山林[7]。

久已无常主，包庄说到今。

注释

①涵所包公：包应登，字涵所，钱塘人，官至福建提学副使。

②莲花峰：与飞来峰相连，其形开散如莲花。

③小李将军：李昭道，唐代画家。其父李思训曾任武卫大将军，人称“大李将军”，故称李昭道为“小李将军”。

④茆 máo：通“茅”，茅草。

⑤储偫 zhì：储备。

⑥迷楼：位于扬州，相传为隋炀帝所建，其门户百千，房廊迂回。宋代《古今诗话》载：“（隋炀帝）幸之曰：‘使真仙游此，亦当自迷。’乃名迷楼。”

⑦经济：经邦济世之才。

简评

青莲山房外朴内华，所谓家故富饶，而性爱山野。“珠翠团簇，锦绣堆成”是繁华语，“石屑砌坛，柴根编户”是乡野语。以“富贵之中，又着草野”概之，深恰其境。

呼猿洞

呼猿洞在武林山。晋慧理禅师，常畜黑白二猿，每于灵隐寺月明长啸，二猿隔岫应之，其声清皦[1]。后六朝宋时，有僧智一，仿旧迹而畜数猿于山，临涧长啸，则群猿毕集，谓之猿父。好事者施食以斋之，因建饭猿堂。今黑白二猿尚在。有高僧住持，则或见黑猿，或见白猿。具德和尚到山，则黑白皆见。余于方丈作一对送之："生公说法，雨堕天花，莫论飞去飞来，顽皮石也会点头；慧理参禅，月明长啸，不问是黑是白，野心猿都能答应。"具和尚在灵隐，声名大著。后以径山佛地，谓历代祖师多出于此，徙住径山。事多格迕[2]，为时无几，遂致涅槃。方知盛名难居，虽在缁流[3]，亦不可多取。

陈洪绶《呼猿洞》诗：

慧理是同乡，白猿供使令。
以此后来人，十呼十不应。
明月在空山，长啸是何意。
呼山山自来，麾猿猿不去。
痛恨遇真伽，斧斤残怪石。

山亦悔飞来，与猿相对泣。

洞黑复幽深，恨无巨灵力。

余欲锤碎之，白猿当自出。

张岱《呼猿洞》对：

洞里白猿呼不出，崖前残石悔飞来。

注释

①皦 jiǎo：分明、清晰。

②格迕：抵触，不合。

③缁流：僧尼。

简评

今日之呼猿洞甚为简陋，却因这段文字而生动起来。这一处景点之好，全凭背后的逸闻异迹之妙。张岱以传奇笔法写景，别有风趣。

三生石

三生石在下天竺寺后。东坡《圆泽传》曰："洛师惠林寺[1]，故光禄卿李憕居第[2]。禄山陷东都[3]，憕以居守死之。子源，少时以贵游子，豪侈善歌，闻于时。及憕死，悲愤自誓，不仕、不娶、不食肉。居寺中五十馀年。寺有僧圆泽，富而知音，源与之游甚密，促膝交语竟日，人莫能测。一日相约游蜀青城、峨嵋山，源欲自荆州溯峡，泽欲取长安斜谷路，源不可，曰：'吾以绝世事，岂可复到京师哉！'泽默然久之，曰：'行止固不由人。'遂自荆州路。舟次南浦，见妇人锦裆负罂而汲者，泽望而叹曰：'吾不欲由此者，为是也。'源惊问之，泽曰：'妇人姓王氏，吾当为之子。孕三岁矣，吾不来，故不得乳，今既见，无可逃者。公当以符咒助吾速生。三日浴儿时，愿公临我，以笑为信。后十三年中秋月夜，杭州天竺寺外，当与公相见。'源悲悔，而为具沐浴易服。至暮，泽亡。而妇乳三日，往观之，儿见源果笑。具以语王氏，出家财葬泽山下。源遂不果行。返寺中，问其徒，则既有治命矣[4]。后十三年，自洛还吴，赴其约。至所约，闻葛洪川畔有牧童扣角而歌之曰：‘三生石上旧精魂，赏月吟风不要论。惭愧情人远相访，此身虽异性长存。’呼问：‘泽公健否？’答曰：‘李公真信士，然俗缘未尽，慎弗相近，惟勤修不堕，乃复相见。’又歌曰：‘身前身后事茫茫，欲话因缘恐断肠。吴越山川寻已遍，却回烟棹上瞿唐[⑤]。’遂去，不知所之。后二年，李德裕奏源忠臣子[⑥]，笃孝，拜谏议大夫。不就，竟死寺中，年八十一。”

王元章《送僧归中竺》诗[⑦]：

天香阁上风如水，千岁岩前云似苔。
明月不期穿树出，老夫曾此听猿来。
相逢五载无书寄，却忆三生有梦回。
乡曲故人凭问讯，孤山梅树几番开。

苏轼《赠下天竺惠净师》诗：

予去杭十六年而复来，留二年而去。平生自觉出处老少，粗似乐天，虽才名相远，而安分寡求亦庶几焉。三月六日，来别南北山诸道人，而下天竺惠净师以丑石赠，作三绝句：

当年衫鬓两青青，强说重来慰别情。

衰鬓只今无可白，故应相对说来生。
出处依希似乐天，敢将衰朽较前贤。
便从洛社休官去，犹有闲居二十年[8]。
在郡依前六百日，山中不记几回来[9]。
还将天竺一峰去，欲把云根到处栽。

注释

①洛师：即洛阳。

②李憕：唐并州文水人，安禄山攻陷长安时遇害。后追赠“忠烈公”。

③禄山：安禄山（703—757），唐营州奚族人，安史之乱的发难者。

④治命：生前遗言。

⑤瞿唐：即瞿塘峡，长江三峡之首。

⑥李德裕（787—850）：字文饶，赵郡人，与其父李吉甫均为晚唐宰相。

⑦王元章：王冕，字元章，号煮石山农、梅花屋主，浙江绍兴诸暨人，元画家。

⑧“便从”句：意为仿效白居易晚年闲居洛阳，安度余生达二十年的旧事。

⑨“在郡”句：语出白居易《留题天竺灵隐两寺》诗：“在郡六百日，入山十二回。”

简评

若没有这段传奇历史，它只是法镜寺茶园乱石堆中一块不起眼的石头。作者将石上镌刻之文搬来，惟愿游人懂得：石上有情义弥坚的精魂，因此成为不朽。

上天竺

上天竺，晋天福间，僧道翊茆庵于此。一夕，见毫光发于前涧，晚视之，得一奇木，刻画观音大士像。后汉乾祐间[1]，有僧从勋自洛阳持古佛舍利来，置顶上，妙相庄严，端正殊好，昼放白光，士民崇信。钱武肃王常梦白衣人求葺其居，寤而有感，遂建天竺观音看经院。宋咸平中[2]，浙西久旱，郡守张去华率僚属具幡幢华盖[3]，迎请下山，而澍雨沾足[4]。自是有祷辄应，而雨每滂薄不休，世传烂稻龙王焉。南渡时，施舍珍宝，有日月珠、鬼谷珠、猫睛等，虽大内亦所罕见。嘉祐中[5]，沈文通治郡[6]，谓观音以声闻宣佛力，非禅那所居[7]，乃以教易禅，令僧元净号辨才者主之。凿山筑室，几至万础。治平中，郡守蔡襄奏赐"灵感观音"殿额[8]。辨才乃益凿前山，辟地二十有五寻，殿加重檐。建炎四年[9]，兀术入临安，高宗航海。兀术至天竺，见观音像喜之，乃载后车，与《大藏经》并徙而北。时有比邱知完者，率其徒以从。至燕，舍于都城之西南五里，曰玉河乡，建寺奉之。天竺僧乃重以他木刻肖前像，诡曰："藏之井中，今方出现。"其实并非前像也。乾道三年[10]，建十六观堂，七年，改院为寺，门扁皆御书。庆元三年[11]，改天台教寺。元至元三年毁。五年，僧庆思重建，仍改天竺教寺。元末毁。明洪武初重建，万历二十七年重修。崇祯末年又毁，清初又建。时普陀路绝，天下进香者皆近就天竺，香火之盛，当甲东南。二月十九日[12]，男女宿山之多，殿内外无下足处，与南海潮音寺正等。

张京元《上天竺小记》：

天竺两山相夹，回合若迷。山石俱骨立，石间更绕松篁。过下竺，诸僧鸣钟肃客，寺荒落不堪入。中竺如之。至上竺，山峦环抱，风气甚固，望之亦幽致。

萧士玮《上天竺小记》：

上天竺，叠嶂四周，中忽平旷，巡览迎眺，惊无归路。余知身之入而不知其所由入也。从天竺抵龙井，曲涧茂林，处处有之。一片云、神运石，风气遒逸，神明刻露。选石得此，亦娶妻得姜矣[13]。泉色绀碧[14]，味淡远，与他泉迥矣。

苏轼《记天竺诗引》：

轼年十二，先君自虔州归[15]，谓予言：“近城山中天竺寺，有乐天亲书诗云：'一山门作两山门，两寺原从一寺分。东涧水流西涧水，南山云起北山云。前台花发后台见，上界钟鸣下界闻。遥想吾师行道处，天香桂子落纷纷。'笔势奇逸，墨迹如新。"今四十七年，予来访之，则诗已亡，有刻石在耳。感涕不已，而作是诗。

又《赠上天竺辨才禅师》诗：

南北一山门，上下两天竺。
中有老法师，瘦长如鹳鹄。
不知修何行，碧眼照山谷。
见之自清凉，洗尽烦恼毒。
坐令一都会，方丈礼白足[16]。
我有长头儿，角颊峙犀玉。
四岁不知行，抱负烦背腹。
师来为摩顶，起走趁奔鹿[17]。
乃知戒律中，妙用谢羁束。
何必言法华，佯狂啖鱼肉[18]。

张岱《天竺柱对》：

佛亦爱临安，法像自北朝留住。
山皆学灵鹫，洛伽从南海飞来。

注释

①乾祐：五代后汉高祖年号（948—950）。

②咸平：宋真宗年号（998—1003）。

③张去华（938—1006）：字信臣，河南开封人。

④澍 shù：及时雨。

⑤嘉祐：宋仁宗年号（1056—1063）。

⑥沈文通：沈遘（1025—1067），字文通，杭州钱塘人，曾任杭州知府。

⑦禅那：佛教用语，禅定。

⑧蔡襄（1012—1067）：字君谟，北宋仙游人，擅长书法、诗歌。

⑨建咸：当为“建炎”，宋高宗年号（1127—1130）。

⑩乾道：宋孝宗年号（1165—1173）。

⑪庆元：宋宁宗年号（1195—1200）。

⑫二月十九日：相传为观音生日。

⑬娶妻得姜：意为娶到美丽的妻子。姜，指庄姜，春秋时卫庄公之妻，美人。《诗经·卫风·硕人》云其“手如柔荑，肤如凝脂，领如蝤蛴，齿如瓠犀，螓首蛾眉，巧笑倩兮，美目盼兮”。

⑭绀碧：深蓝色。

⑮虔州：今江西赣州。

⑯白足：典出慧皎《高僧传十·释昙始》：“始足白于面，虽跣涉泥水，未尝沾湿；天下皆称白足和上（和

尚）。”后指僧人。

⑰“四岁”四句：指苏东坡之子苏迨异于常人，到了四岁还不会走路。苏东坡请上天竺名僧元净（辨才禅师）为子剃度，元净手摩苏迨头顶祝祷之，几天后，苏迨行走无异他儿。

⑱佯狂啖鱼肉：《酉阳杂俎》前集卷三记载，吴郡义师“状若风狂”，好活烧鲤鱼，不待熟而食之。

简评

故事缘起于一尊香木观音，作者以客观之笔述之，读来仍觉神奇，无怪民众笃信其灵验而香火弥盛了。

卷三　西湖中路

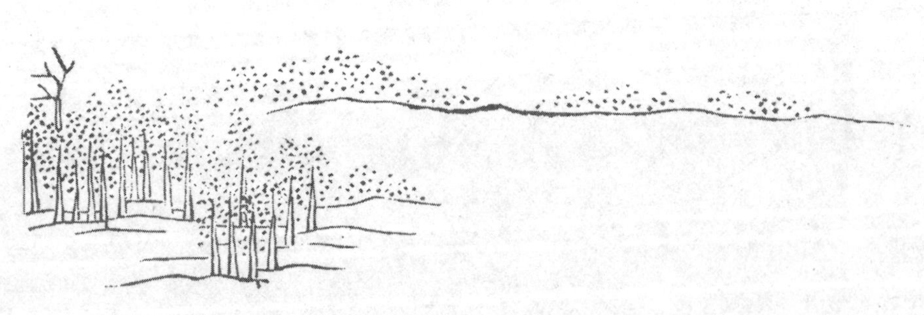

秦楼

秦楼初名水明楼，东坡建，常携朝云至此游览[①]。壁上有三诗，为坡公手迹。过楼数百武[②]，为镜湖楼，白乐天建。宋时宦杭者，行春则集柳洲亭，竞渡则集玉莲亭，登高则集天然图画阁，看雪则集孤山寺，寻常宴客则集镜湖楼。兵燹之后[③]，其楼已废，变为民居。

苏轼《水明楼》诗：

黑云翻墨未遮山，白雨跳珠乱入船。
卷地风来忽吹散，望湖楼下水连天。
放生鱼鸟逐人来，无主荷花到处开。
水浪能令山俯仰，风帆似与月裴回。
未成大隐成中隐[④]，可得长闲胜暂闲。
我本无家更焉往，故乡无此好湖山。

注释

①朝云：王子霞，苏轼之妾，钱塘人。

②武：古以六尺为步，半步为武。

③兵燹 xiǎn：兵火、战火。

④“未成”句：语出白居易《中隐》诗：“大隐住朝市，小隐入丘樊。丘樊太冷落，朝市太嚣喧。不如作中隐，隐在留司官。似出复似处，非忙亦非闲。……唯此中隐士，致身吉且安。穷通与丰约，正在四者间。”

简评

秦楼初名水明楼，后改名望湖楼，今位于断桥东少年宫广场西侧。楼虽选址重建，而名声实胜于当年秦楼，登临眺望，可饱览一湖胜景。

片石居

由昭庆缘湖而西，为餐香阁，今名片石居。闳阁精庐，皆韵人别墅。其临湖一带，则酒楼茶馆，轩爽面湖[①]，非惟心胸开涤，亦觉日月清朗。张谓“昼行不厌湖上山，夜坐不厌湖上月。”[②]则尽之矣。再去则桃花港，其上为石函桥，唐刺史李邺侯所建，有水闸，泄湖水以入古荡。沿东西马塍[③]、羊角埂，至归锦桥，凡四派焉。白乐天记云：“北有石函，南有笕[④]，决湖水一寸，可溉田五十馀顷。”闸下皆石骨磷磷，出水甚急。

徐渭《八月十六片石居夜泛》词：

月倍此宵多，杨柳芙蓉夜色蹉。鸥鹭不眠如画里，舟过，向前惊换几汀莎。　筒酒觅稀荷，唱尽塘栖《白苎歌》。天为红妆重展镜，如磨，渐照胭脂奈褪何。

注释

①轩爽：轩敞高爽。

②张谓：字正言，唐河内人，官至礼部侍郎。

③马塍 chéng：宋时名地，四时奇花。

④笕 jiǎn：古时引水的长竹管，安设在檐下或田间。

简评

“非惟心胸开涤，亦觉日月清朗”，此句本于《世说新语·言语》：“非惟使人情开涤，亦觉日月清朗。”改“人情”为“心胸”造意更佳，胸中块垒尽消，人情自能远俗。

十锦塘

十锦塘[①]，一名孙堤，在断桥下。司礼太监孙隆于万历十七年修筑。堤阔二丈，遍植桃柳，一如苏堤。岁月既多，树皆合抱。行其下者，枝叶扶苏，漏下月光，碎如残雪。意向言断桥残雪，或言月影也。苏堤离城远，为清波孔道[②]，行旅甚稀。孙堤直达西泠，车马游人，往来如织。兼以两湖光艳，十里荷香，如入山阴道上，使人应接不暇。湖船小者，可入里湖，大者缘堤倚徙，由锦带桥循至望湖亭，亭在十锦塘之尽。渐近孤山，湖面宽厂。孙东瀛修葺华丽，增筑露台，可风可月，兼可肆筵设席。笙歌剧戏，无日无之。今改作龙王堂，旁缀数楹，咽塞离披[③]，旧景尽失。再去，则孙太监生祠，背山面湖，颇极壮丽。近为卢太监舍以供佛，改名卢舍庵，而以孙东瀛像置之佛龛之后。孙太监以数十万金钱装塑西湖，其功不在苏学士之下，乃使其遗像不得一见湖光山色，幽囚面壁，见之大为鲠闷。

袁宏道《断桥望湖亭小记》：

湖上由断桥至苏堤一带，绿烟红雾，弥漫

二十馀里。歌吹为风，粉汗为雨，罗纨之盛，多于堤畔之草，冶艳极矣。然杭人游湖，止午、未、申三时[④]，其实湖光染翠之工，山岚设色之妙，全在朝日始出、夕舂未下[⑤]，始极其浓媚。月景尤不可言，花态柳情，山容水意，别是一种趣味。此乐留与山僧游客受用，安可为俗士道哉！

望湖亭即断桥一带，堤甚工致，比苏堤犹美。夹道种绯桃、垂柳、芙蓉、山茶之属二十馀种。堤边白石砌如玉，布地皆软沙如茵。杭人曰："此内使孙公所修饰也。"此公大是西湖功德主。自昭庆、天竺、净慈、龙井及山中庵院之属，所施不下数十万。余谓白、苏二公，西湖开山古佛，此公异日伽蓝也。腐儒几败乃公事[⑥]，可厌可厌。

张京元《断桥小记》：

西湖之胜，在近；湖之易穷，亦在近。朝车暮舫，徒行缓步，人人可游，时时可游。而酒多于水，肉高于山，春时肩摩趾错，男女杂沓，以挨簇为乐。无论意不在山水，即桃容柳眼，自与东风相倚游者，何曾一着眸子也。

李流芳《断桥春望图题词》：

往时至湖上，从断桥一望，便魂消欲死。还谓所知，湖之潋滟熹微，大约如晨光之着树，明月之入庐。盖山水映发，他处即有澄波巨浸，不及也。壬子正月，以访旧重至湖上，辄独往断桥，裴回终日，翌日为杨谶西题扇云[⑦]：“十里西湖意，都来到断桥。寒生梅萼小，春入柳丝娇。乍见应疑梦，重来不待招[⑧]。故人知我否，吟望正萧条。”又明日作此图。小春四月，同孟旸、子与夜话[⑨]，题此。

谭元春《湖霜草序》[⑩]：

予以己未九月五日至西湖，不寓楼阁，不舍庵刹，而以琴尊书札，托一小舟。而舟居之妙，有五善焉：舟人无酬答，一善也；昏晓不爽其候，二善也；访客登山，恣意所如，三善也；入断桥，出西泠，午眠夕兴，四善也；残客可避，时时移棹，五善也。挟此五善，以长于湖，僧上凫下，觞止茗生，篙楫因风，渔竼聚火[⑪]。盖以朝山夕水，临涧对松，岸柳池莲，藏身接友，早放孤山，晚依宝石，足了吾生，足济吾事矣。

王叔杲《十锦塘》诗[12]：

横截平湖十里天，锦桥春接六桥烟。
芳林花发霞千树，断岸光分月两川。
几度觞飞堤外景，一清棹发镜中船[13]。
奇观妆点知谁力，应有歌声被管弦。

白居易《望湖楼》诗：

尽日湖亭卧，心闲事亦稀。
起因残醉醒，坐待晚凉归。
松雨飘苏帽，江风透葛衣。
柳堤行不厌，沙软絮霏霏。

徐渭《望湖亭》诗：

亭上望湖水，晶光澹不流。
镜宽万影落，玉湛一矶浮。
寒入沙芦断，烟生野鹜投。
若从湖上望，翻羡此亭幽。

张岱《西湖七月半》记[14]：

西湖七月半[15]，一无可看，止可看看七月半之人。以五类类之：其一，楼船箫鼓，峨冠盛筵[16]，灯火优傒[17]，声光相乱，名为看月而实不见月者，看之；其一，亦船亦楼，名娃闺秀，携及童娈，笑啼杂之，环坐露台，左右盼望，身在月下而实不看月者，看之；其一，亦船亦声歌，名妓闲僧，浅斟低唱，弱管轻丝，竹肉相发，亦在月下，亦看月，而欲人看其看月者，看之；其一，不舟不车，不衫不帻[18]，酒醉饭饱，呼群三五，挤入人丛，昭庆、断桥，嘄呼嘈杂，装假醉，唱无腔曲，月亦看，看月者亦看，不看月者亦看，而实无一看者，看之；其一，小船轻幌，净几暖炉，茶铛旋煮[19]，素瓷静递，好友佳人，邀月同坐，或匿影树下，或逃嚣里湖，看月而人不见其看月之态，亦不作意看月者，看之。杭人游湖，巳出酉归，避月如避仇。是夕好名，逐队争出，多犒门军酒钱，轿夫擎燎，列俟岸上。一入舟，速舟子急放断桥，赶入胜会。以故二鼓以前，人声鼓吹，如沸如撼，如魇如呓，如聋如哑，大船小船一齐凑岸，一无所见，止见篙击篙，舟触舟，肩摩肩，面看面而已。少刻兴尽，官府席散，皂隶喝道去[20]，轿夫叫，船上人怖以关门，灯笼火把如列星，一一簇拥而去。岸上人亦逐队赶门，渐稀渐薄，顷刻散尽矣。吾辈始舣舟近岸，断桥石磴始凉，席其上，呼客纵饮。此时，月如镜新磨，山复整妆，湖复靧面[21]。向之浅斟低唱者出，匿影树下者亦出，吾辈往通声气，拉与同坐。韵友来，妙妓至，杯箸安，竹肉发。月色苍凉，东方将白，客方散去。吾辈纵舟，酣睡于十里荷花之中，香气扑人，清梦甚惬。

注释

①十锦塘：即白堤。明万历间，孙隆以沙石花草重修白堤，更名十锦塘。

②清波：清波门，杭州西城门，南宋时建。

③离披：参差错杂。

④午、未、申三时：约相当于中午十一点至下午五点。

⑤夕舂：古时日落时舂米，故以此指代夕阳。

⑥“腐儒”句：语出《史记·留侯世家》：“竖儒，几败而公事。”

⑦杨谶 chèn 西：明末人，生平不详。

⑧“乍见”二句：语出司空曙《云阳馆与韩绅宿别》诗：“乍见翻疑梦，相悲各问年。”

⑨子与：闻启（1589—1618），字子与，钱塘人，后入佛门。

⑩谭元春（1586—1637）：字友夏，号鹄湾，别号蓑翁，湖广竟陵人。晚明文学家，与同乡钟惺同为“竟陵派”创始人。

⑪渔笅 jiǎo：渔船的缆绳，文中指停船。

⑫王叔杲 gǎo（1517—1600）：字阳德、旸谷，浙江永嘉人，明嘉靖进士。

⑬一清：一清埠，码头，古时西湖游船多由此出发。

⑭《西湖七月半》：此文选自张岱《陶庵梦忆》。

⑮七月半：农历七月十五日，俗称中元节。西湖各大寺院举行盂兰盆会。

⑯峨冠：高帽，指官绅。

⑰优傒：歌妓、优伶、婢仆之类。

⑱帻 zé：古代男子头巾。

⑲茶铛 chēng：古时煮茶器具。

⑳皂隶：旧时衙门差役。

㉑颒 huì：洗脸。文中指湖面复又明净如洗。

简评

明万历年间，孙隆以沙石花草重修白堤，改称白堤为十锦塘。其中“断桥残雪”之景，以桥上远观时冬雪若隐若现于湖面而著称。作者以漏月为残雪，用意新奇，颇有神韵。此篇所附《西湖七月半》亦为张岱散文之精华。

孤山

《水经注》曰[①]：水黑曰卢，不流曰奴；山不连陵曰孤。梅花屿介于两湖之间，四面岩峦，一无所丽[②]，故曰孤也。是地水望澄明，皦焉冲照，亭观绣峙，两湖反景，若三山之倒水下[③]。山麓多梅，为林和靖放鹤之地。林逋隐居孤山，宋真宗征之不就，赐号和靖处士。常畜双鹤，豢之樊中。逋每泛小艇，游湖中诸寺，有客来，童子开樊放鹤，纵入云霄，盘旋良久，逋必棹艇遄归，盖以鹤起为客至之验也。临终留绝句曰："湖外青山对结庐，坟前修竹亦萧疏。茂陵他日求遗稿，犹喜曾无封禅书。[④]"绍兴十六年，建四圣延祥观，尽徙诸院刹及士民之墓，独逋墓诏留之，弗徙。至元，杨连真伽发其墓，唯端砚一、玉簪一。明成化十年，郡守李端修复之[⑤]。天启间，有王道士欲于此地种梅千树。云间张侗初太史补《孤山种梅序》[⑥]。

袁宏道《孤山小记》：

孤山处士，妻梅子鹤，是世间第一种便宜人。我辈只为有了妻子，便惹许多俗事，撇之不得，傍之可厌，如衣败絮，行荆棘中，步步牵挂。近日雷峰下有虞僧儒，亦无妻室，殆是孤山后身。所著《溪上落花诗》，虽不知于和靖如何，然一夜得百五十首，可谓迅捷之极。至于食淡参禅，则又加孤山一等矣，何代无奇人哉！

张京元《孤山小记》：

孤山东麓，有亭翼然。和靖故址，今悉编篱插棘。诸巨家规种桑养鱼之利，然亦赖其稍葺亭榭，点缀山容。楚人之弓⑦，何问官与民也。

《萧照画壁》⑧：

西湖凉堂，绍兴间所构。高宗将临观之。有素壁四堵，高二丈，中贵人促萧照往绘山水。照受命，即乞尚方酒四斗，夜出孤山，每一鼓即饮一斗，尽一斗则一堵已成，而照亦沉醉。上至，览之叹赏，宣赐金帛。

沈守正《孤山种梅疏》⑨：

西湖之上，葱蒨亲人，亦爽朗易尽。独孤山盘郁重湖之间，水石草木皆有幽色。唐时楼阁参差，诗歌点缀，冠于两湖。读"不雨山常润，无云水自阴"之句，犹可想见当时。道孤山者，不径西泠，必沿湖水，不似今从望湖折阛阓而入也。此地尚有古梅偃蹇[10]，云是和靖故居。

李流芳《题孤山夜月图》：

曾与印持诸兄弟[11]，醉后泛小艇，从孤山而归。时月初上新堤，柳枝皆倒影湖中，空明摩荡，如镜中，复如画中。久怀此胸臆，壬子在小筑，忽为孟旸写出，真画中矣。

苏轼《书林逋诗后》：

吴侬生长湖山曲，呼吸湖光饮山渌。
不论世外隐君子，佣儿贩妇皆冰玉。
先生可是绝俗人，神清骨冷无由俗。
我不识见曾梦见，瞳子了然光可烛。
遗篇妙字处处有，步绕西湖看不足。
诗如东野不言寒[12]，书似西台差少肉[13]。
平生高节已难继，将死微言犹可录。
自言不作封禅书，更肯悲吟白头曲[14]。
我笑吴人不好事，好作祠堂傍修竹。
不然配食水仙王，一盏寒泉荐秋菊。

张祜《孤山》诗：

楼台耸碧岑，一径入湖心。

不雨山常润，无云水自阴。
断桥荒藓合，空院落花深。
犹忆西窗月，钟声出北林。

徐渭《孤山玩月》诗：

湖水澹秋空，练色澄初静。
倚棹激中流，幽然适吾性。
举酒忽见月，光与波相映。
西子拂淡妆，遥岚挂孤镜。
座客本玉姿，照耀几筵莹。
暇时吐高怀，四座尽倾听。
却言处士疏，徒抱梅花咏。
如以径寸鱼，蹄涔即成泳[15]。
论久兴弥洽，返棹堤逾迥。
自顾纵清谈，何嫌麈麈柄[16]。

卓敬《孤山种梅》诗[17]：

风流东阁题诗客[18]，潇洒西湖处士家。
雪冷江深无梦到，自锄明月种梅花。

王稚登《赠林纯卿卜居孤山》诗[19]：

藏书湖上屋三间，松映轩窗竹映关。
引鹤过桥看雪去，送僧归寺带云还。

轻红荔子家千里，疏影梅花水一湾。
和靖高风今已远，后人犹得住孤山。

陈鹤《题孤山林隐君祠》诗[20]：

孤山春欲半，犹及见梅花。
笑踏王孙草，闲寻处士家。
尘心莹水镜，野服映山霞。
岩壑长如此，荣名岂足夸。

王思任《孤山》诗：

淡水浓山画里开，无船不署好楼台。
春当花月人如戏，烟入湖灯声乱催。
万事贤愚同一醉，百年修短未须哀。
只怜逋老栖孤鹤，寂寞寒篱几树梅。

张岱《补孤山种梅叙》：

盖闻：地有高人，品格与山川并重；亭遗古迹，梅花与姓氏俱香。名流虽以代迁，胜事自须人补。在昔西泠逸老，高洁韵同秋水，孤清操比寒梅。疏影横斜，远映西湖清浅；暗香浮动，长陪夜月黄昏。[21]今乃人去山空，依然水流花放。瑶葩洒雪，乱飘冢上苔痕；玉树迷烟，恍堕林间鹤羽。兹来韵友，欲步前贤，补种千梅，重修孤屿。凌寒三友，早连九里松篁；破腊一枝[22]，远谢六桥桃柳。伫想水边半树，点缀冰花；待将雪后横枝，低昂铁干。美人来自林下，高士卧于山中。[23]白石苍崖，拟筑草亭招放鹤；浓山淡水，闲锄明月种梅花。有志竟成，无约不践。将与罗浮争艳，还期庾岭分香。[24]实为林处士之功臣，亦是苏长公之胜友。吾辈常劳梦想，应有宿缘。哦曲江诗（曲江张九龄有《庭梅咏》）[25]，便见孤芳风韵；读《广平赋》[26]，尚思铁石心肠。共策灞水之驴，且向断桥踏雪；[27]遥瞻漆园之蝶[28]，群来林墓寻梅。莫负佳期，用追芳躅。

张岱《林和靖墓柱铭》：

云出无心，谁放林间双鹤。

月明有意，即思冢上孤梅。

注释

①《水经注》：古代地理著作，北魏郦道元撰。文中所引见《水经注·漉水》。

②丽：附着、依附。

③三山：传说中的三座海上仙山蓬莱、方丈和瀛洲。

④茂陵：汉武帝刘彻的陵墓，诗中指代武帝。司马相如晚年曾居茂陵地区。封禅书：为歌功颂德之作。

此处借《汉书》司马相如为武帝作封禅书的史实而反用其典，表明自己隐居之志从未动摇。

⑤李端：字宗正，兴宁人，曾任杭州知府。

⑥云间：今上海松江。张侗初：张鼐，字世调，号侗初，松江华亭人。

⑦楚人之弓：语出《孔子家语·好生》："楚王出游，亡弓，左右请求之。王曰：'止，楚王失弓，楚人得之，又何求之？'"意为弓在楚国，得失无碍。文中谓官民一家。

⑧萧照：字东生，濩泽人，南宋画家。

⑨沈守正（1572—1623）：字无回，钱塘人。

⑩偃蹇 jiǎn：高耸。

⑪印持：严调御，字印持，明末余杭人。文中所谓"印持诸兄弟"，盖严调御与其弟严武顺、严敕。

⑫东野：孟郊（751—814），字东野，湖州武康人。唐代诗人，与贾岛并称为"郊寒岛瘦"。

⑬西台：即李建中（945—1013），字得中，京兆人，任西京留司御史台，人称"李西台"，宋初书法家，书法风格肥厚。

⑭白头曲：《白头吟》，卓文君知司马相如欲聘茂陵女为妾而作。诗句谓林逋隐居之志坚贞如一。

⑮蹄涔：语出《淮南子·氾论训》："夫牛蹄之涔，不能生鳣鲔。"高诱注："涔，雨水也，满牛蹄迹中，

言其小也。”后以“蹄涔”指容量、体积等微小。

⑯麈zhǔ柄：麈尾柄，拂尘之类，魏晋名士常执此清谈。麈，鹿一类的动物。

⑰卓敬：字惟恭，明初浙江瑞安人。

⑱风流东阁题诗客：指南朝诗人何逊。杜甫诗云：“东阁官梅动诗兴，还如何逊在扬州。”

⑲王稚登（1535—1612）：字百谷，江阴人，善于诗书。林纯卿：晚明福建福清人，隐居孤山。

⑳陈鹤：字鸣野，一作鸣轩，明代浙江山阴人，善于诗书画。

㉑“疏影”四句：化自林逋《山园小梅》诗：“疏影横斜水清浅，暗香浮动月黄昏。”

㉒破腊：梅花。化自杜甫《江梅》诗：“梅蕊腊前破。”

㉓“美人”二句：化用高启《梅花》诗：“雪满山中高士卧，月明林下美人来。”

㉔罗浮、庾岭：山名，在今广东省，盛产梅花。

㉕张九龄（678—740）：字子寿，曲江人，唐玄宗时宰相。

㉖广平：即唐代名相宋璟（663—737），祖籍广平，少时作《梅花赋》，知名于世。后封广平郡公，秉公执法，人称有铁石心肠。

㉗“共策”二句：语出《唐诗纪事·郑綮》，郑綮善诗，有人询问近日可有新作，郑綮对曰：“诗思在灞桥

风雪中驴子上。”

㉘漆园之蝶：即“庄周梦蝶”之典故。庄子曾为漆园吏。

简评

以清丽之笔写清绝之人，其传尤有逸气。《孤山》以林逋为主角，读来如见其体骨清整、白须飘然之相。

关王庙

北山两关王庙。其近岳坟者，万历十五年为杭民施如忠所建。如忠客燕，涉潞河，飓风作，舟将覆，恍惚见王率诸河神拯救获免，归即造庙祝之，并祀诸河神。冢宰张瀚记之[①]。其近孤山者，旧祠卑隘。万历四十二年，金中丞为导首鼎新之[②]。太史董其昌手书碑石记之，其词曰："西湖列刹相望，梵宫之外，其合于祭法者，岳鄂王、于少保与关神而三尔。甲寅秋，神宗皇帝梦感圣母中夜传诏，封神为伏魔帝君，易兜鍪而衮冕，易大纛而九斿[③]。五帝同尊[④]，万灵受职。视操、懿、莽、温[⑤]，偶奸大物，生称贼臣，死堕下鬼，何啻天渊。顾旧祠湫隘[⑥]，不称诏书播告之意。金中丞父子，爰议鼎新，时维导首，得孤山寺旧址，度材垒土，勒墙墉，庄像设，先后三载而落成。中丞以余实倡议，属余记之。余考孤山寺，且名永福寺。唐长庆四年[⑦]，有僧刻《法华》于石壁。会元微之以守越州[⑧]，道出杭，而杭守白乐天为作记。有九诸侯率钱助工，其盛如此。成毁有数，金石可磨，越数百年而祠帝君。以释典言之，则旧寺非所谓现天大将军身，而今祠非所谓现帝释身者耶。至人舍其生而生在，杀其身而身存。孔曰成仁，孟曰取义，与《法华》一大事之旨何异也[9]。彼谓忠臣义士犹待坐蒲团、修观行而后了生死者，妄矣。然则石壁岿然，而石经初未泐也。顷者四川歼叛[10]，神为助力，事达宸聪[11]，非同语怪。惟辽西黠卤[12]，尚缓天诛，帝君能报曹而有不报神宗者乎？左挟鄂王，右挟少保，驱雷部，掷火铃，昭陵之铁马嘶风，蒋庙之塑兵濡露，谅荡魔皆如蜀道矣。先是金中丞抚闽，籍神之告，屡歼倭夷，上功盟府，故建祠之费，视众差巨，盖有夙愿云。"寺中规制精雅，庙貌庄严，兼之碑碣清华，柱联工确，一以文理为之，较之施庙，其雅俗真隔霄壤。

董其昌《孤山关王庙柱铭》：

忠能择主，鼎足分汉室君臣。
德必有邻，把臂呼岳家父子。

宋兆禴《关帝庙柱联》：

从真英雄起家，直参圣贤之位。
以大将军得度，再现帝王之身。

张岱《关帝庙柱对》：

统系让偏安，当代天王归汉室。
春秋明大义，后来夫子属关公。

注释

①家宰：吏部尚书。张瀚（1510—1593）：字子文，明仁和人。

②金中丞：即金学曾（1545—1624），字子鲁，明代钱塘人，曾任福建巡抚，明清时巡抚又称中丞。

③“易兜鍪”二句：兜鍪 móu，为武将头盔。衮冕，为帝王礼服。大纛 dào：古代行军中或重要典礼上的大旗。斿 liú：古同“旒”，帝王礼帽前后悬垂的玉串。

④五帝：传说中的东方青帝、南方赤帝、中央黄帝、西方白帝、北方黑帝五个天帝。

⑤操、懿、莽、温：即曹操、司马懿、王莽、桓温。四人皆为权臣，均有不臣之心。

⑥湫 jiǎo 隘：低下狭小。

⑦长庆：唐穆宗年号（821—824）。

⑧元微之：元稹（779—831），字微之，洛阳人，唐代诗人。

⑨《法华》一大事：《法华经》谓生死为人之大事。

⑩四川歼叛：击溃四川张献忠的起义军。

⑪宸聪：皇帝所闻。宸，帝王居所，代指皇帝。

⑫辽西黠卤：指关外的后金政权，即后来入关的清王朝。“黠卤”当为“黠虏”。

简评

作者爱择选英烈入景，中路关王庙与北路岳王坟相应。岳王事迹闻名西湖，关帝则以神迹得祀其中，二人在后世均被尊为武圣，忠义千秋不衰。关羽在神话中还是武财神、商旅保护神，号称“伏魔大帝”。

苏小小墓

苏小小者，南齐时钱塘名妓也。貌绝青楼，才空士类，当时莫不艳称。以年少早卒，葬于西泠之坞。芳魂不殁，往往花间出现。宋时有司马槱者[①]，字才仲，在洛下梦一美人搴帷而歌，问其名，曰："西陵苏小小也。"问歌何曲，曰："《黄金缕》。"后五年，才仲以东坡荐举，为秦少章幕下官[②]，因道其事。少章异之，曰："苏小之墓，今在西泠，何不酹酒吊之。"才仲往寻其墓拜之。是夜，梦与同寝，曰："妾愿酬矣"。自是幽昏三载，才仲亦卒于杭，葬小小墓侧。

西陵苏小小诗：

妾乘油壁车，郎跨青骢马。
何处结同心，西陵松柏下。

又词：

妾本钱塘江上住，花落花开、不管流年度。燕子衔将春色去，纱窗几阵黄梅雨。 斜插玉梳云半吐，檀板轻敲、唱彻《黄金缕》。梦断彩云无觅处，夜凉明月生南浦。

李贺《苏小小》诗[③]：

幽兰露，如啼眼[④]。
无物结同心，烟花不堪剪。
草如茵，松如盖。
风为裳，水为珮。
油壁车，久相待。
冷翠烛，劳光彩。
西陵下，风吹雨。

沈原理《苏小小歌》[⑤]：

歌声引回波[⑥]，舞衣散秋影。
梦断别青楼，千秋香骨冷。
青铜镜里双飞鸾，饥乌吊月啼勾栏。
风吹野火火不灭，山妖笑入狐狸穴。
西陵墓下钱塘潮，潮来潮去夕复朝。
墓前杨柳不堪折，春风自绾同心结。

元遗山《题苏小像》[⑦]：

槐阴庭院宜清昼，帘卷香风透。
美人图画阿谁留，宣和名笔内家收。
莺莺燕燕分飞后，粉浅梨花瘦。
只除苏小不风流，斜插一枝萱草凤钗头。

徐渭《苏小小墓》诗：

一抔苏小是耶非，绣口花腮烂舞衣。
自古佳人难再得，从今此翼罢双飞。
薤边露眼啼痕浅[8]，松下同心结带稀。
恨不颠狂如大阮，欠将一曲恸兵闺[9]。

注释

①司马槱 yǒu：字才仲，陕州夏县人，司马光侄孙，工诗词。

②秦少章：秦觏，字少章，高邮人，秦观之弟，宋代文人。

③李贺（790—816）：字长吉，福昌人，唐代诗人，世称鬼才、诗鬼。

④啼眼：泪眼。

⑤沈原理：沈理，字原礼，元朝人。

⑥回波：唐代乐曲名。

⑦元遗山：元好问（1190—1257），字裕之，号遗山，秀容人，金元之际诗人。

⑧薤 xiè：草本植物。《薤露》为古代挽歌。

⑨“恨不”二句：典出《晋书·阮籍传》：“兵家女有才色，未嫁而死。籍不识其父兄，径往哭之，尽哀而还。其外坦荡而内淳至，皆此类也。”

简评

西湖有英雄忠魂如岳王、关羽，有佛家神迹如具德和尚，有文人雅士如东坡、乐天，亦有名妓如小小者。且不问小小与才仲之缘真实与否，都为西湖增添不少风流之色。

陆宣公祠

孤山何以祠陆宣公也①？盖自陆少保炳②，为世宗乳母之子，揽权怙宠，自谓系出宣公，创祠祀之。规制宏厂，吞吐湖山。台榭之盛，概湖无比。炳以势焰，见有美产，即思攫夺。傍有故锦衣王佐③，别墅壮丽，其孽子不肖，炳乃罗织其罪，勒以献产。捕及其母，故佐妾也。对簿时，子强辨。母膝行前，道其子罪甚详。子泣，谓母："忍陷其死也？"母叱之曰："死即死，尚何说！"指炳座顾曰："而父坐此非一日，作此等事亦非一日，而生汝不肖子，天道也，汝死犹晚！"炳颊发赤，趣遣之出，弗终夺。炳物故，祠没入官，以名贤得不废。隆庆间，御史谢廷杰以其祠后增祀两浙名贤④，益以严光、林逋、赵忭、王十朋、吕祖谦、张九成、杨简、宋濂、王琦、章懋、陈选⑤。会稽进士陶允宜⑥，以其父陶大临自制牌版⑦，令人匿之怀中，窃置其傍，时人笑其痴孝。

祁彪佳《陆宣公祠》诗：

东坡佩服宣公疏，俎豆西泠蘋藻香⑧。
泉石苍凉存意气，山川开涤见文章。

画工界画增金碧，庙貌嵬峨见裔皇[⑨]。
陆炳湖头夸势焰，祟韬乃敢认汾阳[⑩]。

注释

①陆宣公：陆贽（754—805），字敬舆，唐代嘉兴人，官至宰相，卒后谥号“宣”。

②陆少保炳：陆炳（1510—1560），浙江平湖人，其母为明世宗朱厚熜乳母。掌锦衣卫，权倾天下。

③王佐：曾掌锦衣卫，与陆炳父陆松交好。

④谢廷杰：字宗圣，号虬峰，江西新建人，曾任浙江巡抚，修陆宣公祠。

⑤严光：字子陵，汉代余姚人，少与光武帝刘秀同游学，后隐居。王十朋（1112—1171）：字龟龄，号梅溪，南宋浙江乐清人。吕祖谦（1137—1181）：字伯恭，宋代婺州人，世称东莱先生。张九成（1092—1159）：字子韶，宋代钱塘人，官至礼部侍郎。杨简（1141—1225）：字敬仲，号慈湖，南宋浙江慈溪人，世称慈湖先生。宋濂（1310—1381）：字景濂，号潜溪，别号玄真子，浙江浦江人，明初翰林学士，主修《元史》。王琦：浙江仁和人，为官清廉。章懋（1436—1521）：字德懋，明代浙江兰溪人，曾辞官于枫木山读书讲学，世称枫山先生。陈选（1429—1486）：字士贤，浙江临海人，

明代广东布政使。

⑥陶允宜：字懋中，浙江会稽人。

⑦陶大临（1526—1574）：字虞臣，号念斋，为官清正。

⑧俎豆、蘋藻：古时祭品。

⑨嵬 wéi：同“嵬”，高耸的样子。矞 yù皇：神名。

⑩崇韬：郭崇韬，字安时，代州雁门人，五代时名将、谋臣。汾阳：郭子仪（697—781），中唐名将，华州郑县人，平定安史之乱，封汾阳郡王。《新五代史·郭崇韬传》载：“当崇韬用事，自宰相豆卢革、韦悦等皆倾附之……以其姓郭，因以为子仪之后，崇韬遂以为然。其伐蜀也，过子仪墓，下马号恸而去，闻者颇以为笑。”诗句借以讽刺陆炳冒认陆贽为祖先。

简评

郭崇韬冒认郭子仪为祖虽可笑，然崇韬尽忠国家，有大略，与陆炳之流殊别。作者作文之意，一为纪念陆贽，一为讽刺陆炳。

六一泉

六一泉在孤山之南，一名竹阁，一名勤公讲堂。宋元祐六年[①]，东坡先生与会勤上人同哭欧阳公处也。勤上人讲堂初构，掘地得泉，东坡为作泉铭。以两人皆列欧公门下，此泉方出，适哭公讣，名以六一，犹见公也。其徒作石屋覆泉，且刻铭其上。南渡高宗为康王时，常使金夜行，见四巨人，执殳前驱[②]。登位后，问方士，乃言紫薇垣有四大将，曰：天蓬、天猷、翊圣、真武。帝思报之，遂废竹阁，改延祥观，以祀四巨人。至元初，世祖又废观为帝师祠。泉没于二氏之居[③]，二百馀年，元季兵火，泉眼复见。但石屋已圮，而泉铭亦为邻僧舁去。洪武初，有僧名行舁者，锄荒涤垢，图复旧观。仍树石屋，且求泉铭，复于故处。乃欲建祠堂，以奉祀东坡、勤上人，以参寥故事，力有未逮。教授徐一夔为作疏曰[④]："睠兹胜地[⑤]，实在名邦。勤上人于此幽栖，苏长公因之数至。迹分缁素[⑥]，同登欧子之门；谊重死生，会哭孤山之下。惟精诚有感通之理，故山岳出迎劳之泉。名聿表于怀贤[⑦]，忱式昭于荐菊。虽存古迹，必肇新祠。此举非为福田[⑧]，实欲共成胜事。儒冠僧衲，请恢雅量以相成；山色湖光，行与高峰而共远。愿言乐助，毋诮滥竽。”

苏轼《六一泉铭》：

欧阳文忠公将老，自谓六一居士。予昔通守钱塘，别公于汝阴而南。公曰：“西湖僧慧勤，甚文而长于诗。吾昔为《山中乐》三章以赠之。子闲于民事，求人于湖山间而不可得，则往从勤乎？”予到官三日，访勤于孤山之下，抵掌而论人物，曰：“六一公，天人也。人见其暂寓人间，而不知其乘云驭风，历五岳而跨沧海也。此邦之人，以公不一来为恨。公麾斥八极，何所不至。虽江山之胜，莫适为主，而奇丽秀绝之气，常为能文者用。故吾以为西湖盖公几案间一物耳。”勤语虽怪幻，而理有实然者。明年公薨，予哭于勤舍。又十八年，予为钱塘守，则勤亦化去久矣。访其旧居，则弟子二仲在焉。画公与勤像，事之如生。舍下旧无泉，予未至数月，泉出讲堂之后，孤山之趾，汪然溢流，甚白而甘。即其地凿岩架石为室。二仲谓：“师闻公来，出泉以相劳苦，公可无言乎？”乃取勤旧语，推本其意，名之曰“六一泉”。且铭之曰：“泉之出也，去公数千里，后公之没十八年，而名之曰‘六一’，不几于诞乎？曰：君子之泽，岂独五世而已[⑨]，盖得其人，则可至于百传。常试与子登孤山而望吴越，歌山中之乐而饮此水，则公之遗风馀烈，亦或见于此泉也。”

白居易《竹阁》诗：

晚坐松檐下，宵眠竹阁间。
清虚当服药，幽独抵归山。
巧未能胜拙，忙应不及闲。
无劳事修炼，只此是玄关。

注释

①元祐：宋哲宗年号（1086—1094）。

②殳 shū：古代兵器。

③二氏：佛、道二家。

④徐一夔（1319—1398）：字惟精，又字大章，号始丰，浙江天台人，明初任杭州府学教授。

⑤睠 juàn：同“眷”，回顾的样子。

⑥缁素：僧俗。

⑦聿 yù：文言助词，无意义。

⑧福田：佛教语。佛教认为行善修德能受福报，犹如播种田亩有秋收之利，故称。

⑨“君子”二句：语出《孟子·离娄下》：“君子之泽

五世而斩。”

简评

欧阳修与杭州西湖本无关联，苏轼为纪念恩师与挚友，故为泉取名“六一”。从泉眼汩汩而出的岂独是山泉？在苏轼眼里是欧阳修之遗风馀烈，于千年之后的我们看来，流淌的乃是一份深沉的师生情谊。

葛岭

葛岭者，葛仙翁稚川修仙地也。仙翁名洪，号抱朴子，句容人也。从祖葛玄，学道得仙术，传其弟子郑隐[①]。洪从隐学，尽得其秘。上党鲍玄妻以女[②]。咸和初，司徒导召补主簿[③]，干宝荐为大著作[④]，皆同辞。闻交趾出丹砂，独求为勾漏令[⑤]。行至广州，刺史郑岳留之,乃炼丹于罗浮山中。如是者积年。一日，遗书岳曰："当远游京师，克期便发。"岳得书，狼狈往别，而洪坐至日中，兀然若睡，卒年八十一。举尸入棺，轻如蝉蜕，世以为尸解仙去。智果寺西南为初阳台，在锦坞上，仙翁修炼于此。台下有投丹井，今在马氏园。宣德间大旱，马氏甃井得石匣一，石瓶四。匣固不可启。瓶中有丸药若芡实者，啖之，绝无气味，乃弃之。施渔翁独啖一枚，后年百有六岁。浚井后，水遂淤恶不可食，以石匣投之，清冽如故。

祁豸佳《葛岭》诗[⑥]：

抱朴游仙去有年，如何姓氏至今传。
钓台千古高风在[⑦]，汉鼎虽迁尚姓严。

勾漏灵砂世所稀，携来烹炼作刀圭[⑧]。
若非渔子年登百，几使还丹变井泥。
平章甲第半湖边，日日笙歌入画船。
循州一去如烟散[⑨]，葛岭依然还稚川。
葛岭孤山隔一丘，昔年放鹤此山头。
高飞莫出西山缺，岭外无人勿久留。

注释

①郑隐：字思远，拜葛玄为师。

②鲍玄：东晋南海太守，好道教。

③司徒导：王导（276—339），字茂弘，琅琊临沂人，曾为东晋司徒。

④干宝：字令升，新蔡人。东晋时领修国史，撰《搜神记》。

⑤勾漏：县名，即今广西北流。

⑥祁豸 zhì 佳：字止祥，号雪瓢，山阴人，工书善画。

⑦钓台：相传为东汉隐士严光垂钓之处，在今浙江富春江边。

⑧刀圭：古代药物计量器，后亦指药物。

⑨“循州”句：事见《宋史·贾似道传》。指贾似道被罢平章，发配循州。

简评

葛岭位于宝石山西面，东晋道家葛洪曾在此修炼，故而得名。山门正面有一副对联：神仙事业三生诀，襟带江湖一望中。西湖寺多观少，然亦有仙山缥缈。炼丹尸解、掘井得丹的传说，尤有仙气。

苏公堤

杭州有西湖，颍上亦有西湖[①]，皆为名胜，而东坡连守二郡。其初得颍，颍人云：“内翰只消游湖中，便可以了公事。”秦太虚因作一绝云[②]：“十里荷花菡萏初[③]，我公身至有西湖。欲将公事湖中了，见说官闲事亦无。”后东坡到颍，有谢执政启云：“入参两禁，每玷北扉之荣[④]；出典二邦，迭为西湖之长。”故其在杭，请濬西湖，聚葑泥，筑长堤，自南之北，横截湖中，遂名苏公堤。夹植桃柳，中为六桥。南渡之后，鼓吹楼船，颇极华丽。后以湖水漱啮[⑤]，堤渐淩夷[⑥]。入明，成化以前，里湖尽为民业，六桥水流如线。正德三年，郡守杨孟瑛辟之，西抵北新堤为界，增益苏堤，高二丈，阔五丈三尺，增建里湖六桥，列种万柳，顿复旧观。久之，柳败而稀，堤亦就圮。嘉靖十二年，县令王钛令犯罪轻者种桃柳为赎[⑦]，红紫灿烂，错杂如锦。后以兵火，砍伐殆尽。万历二年，盐运使朱炳如复植杨柳[⑧]，又复灿然。迨至崇祯初年，堤上树皆合抱。太守刘梦谦与士夫陈生甫辈时至。二月，作胜会于苏堤。城中括羊角灯、纱灯几万盏，遍挂桃柳树上下。以红毡铺地，冶童名妓，纵饮高歌。

夜来万蜡齐烧，光明如昼。湖中遥望堤上万蜡，湖影倍之。箫管笙歌，沉沉昧旦[9]。传之京师，太守镌级[10]。因想东坡守杭之日，春时每遇休暇，必约客湖上，早食于山水佳处。饭毕，每客一舟，令队长一人，各领数妓，任其所之。晡后鸣锣集之，复会望湖亭或竹阁，极欢而罢。至一、二鼓，夜市犹未散，列烛以归。城中士女夹道云集而观之。此真旷古风流，熙世乐事，不可复追也已。

张京元《苏堤小记》：

苏堤度六桥，堤两旁尽种桃柳，萧萧摇落。想二三月，柳叶桃花，游人阗塞，不若此时之为清胜。

李流芳《题两峰罢雾图》：

三桥龙王堂，望西湖诸山，颇尽其胜。烟林雾障，映带层叠；淡描浓抹，顷刻百态。非董、巨妙笔[11]，不足以发其气韵。余在小筑时，呼小舟桨至堤上，纵步看山，领略最多。然动笔便不似甚矣，气韵之难言也。予友程孟旸《湖上题画》诗云[12]："风堤露塔欲分明，阁雨萦阴两未成。我试画君团扇上，船窗含墨信风行。"此景此诗，此人此画，俱属可想。癸丑八月清晖阁题。

苏轼《筑堤》诗：

六桥横截天汉上，北山始与南屏通。
忽惊二十五万丈，老葑席卷苍烟空。
昔日珠楼拥翠钿，女墙犹在草芊芊。
东风第六桥边柳，不见黄鹂见杜鹃。

又诗：

惠勤、惠思皆居孤山。苏子倅郡[13]，以腊日访之，作诗云：

天欲雪时云满湖，楼台明灭山有无。
水清石出鱼可数，林深无人鸟相呼。
腊月不归对妻孥[14]，名寻道人实自娱。
道人之居在何许，宝云山前路盘纡。
孤山孤绝谁肯庐，道人有道山不孤。
纸窗竹屋深自暖，拥褐坐睡依团蒲。
天寒路远愁仆夫，整驾催归及未晡。
出山回望云水合，但见野鹤盘浮屠。
兹游澹泊欢有馀，到家恍如梦蘧蘧。
作诗火急追亡逋，清景一失后难摹。

王世贞《泛湖度六桥堤》诗：

拂憾莺啼出谷频[15]，长堤夭矫跨苍旻。

六桥天阔争虹影，五马飙开散曲尘[16]。
碧水乍摇如转盼，青山初沐竞舒颦。
莫轻杨柳无情思，谁是风流白舍人[17]？

李鉴龙《西湖》诗：

花柳曾闻暗六桥，近来游舫甚萧条。
折残画阁堤边失，倒入山光波上摇。
秋水湖心眸一点，夜潭塔影黛双描。
兰亭感慨今移此，痴对雷峰话寂寥。

注释

①颍上：县名，在今安徽省西北部，淮河北岸。

②秦太虚：秦观（1049—1100），字少游，一字太虚，号淮海居士，江苏高邮人。“苏门四学士”之一，北宋词人。

③菡萏 hàndàn：荷花。

④北扉之荣：事出《旧唐书·文苑传》。唐高宗召文士草拟诏书，许其从北门出入，其余官员从南门出入。苏轼为翰林学士，草拟诏书，从北门出入。

⑤漱啮：指水的冲蚀。

⑥凌夷：衰败。

⑦王钺 yì：字公仪，福建侯官人，嘉靖中任钱塘县令。

⑧朱炳如：字稚文，又字仲南，别号白野，明湖广衡

阳县人，曾任两浙盐运使。

⑨昧旦：破晓之时。语出《诗经·郑风·女曰鸡鸣》：“女曰：‘鸡鸣’，士曰：‘昧旦’。”

⑩镌级：降级。

⑪董、巨：董源与巨然，均为五代南唐画家，江南山水画代表人物。

⑫程孟旸：程嘉燧（1565—1643），字孟阳，号松圆、偈庵，休宁人，明代书画家、诗人。

⑬倅郡：担任郡守的副职，文中指通判。

⑭孥 nú：儿女。

⑮幰 xiǎn：车上帷幔。

⑯五马：太守的代称。语出《汉官仪》：“四马载车，此常礼也，惟太守出，则增一马，故称五马。”

⑰白舍人：白居易，因其曾为中书舍人，故名。

简评

熙世乐事，不可复追；湖山胜景，气韵难言。然作者仍孜孜笔录苏堤之筑起、衰败、增益、圮败、复盛，遥想桃柳满堤、盛会高歌之景，将苏堤的历史与景致呈于眼前，不负苏堤“西湖十景”之首的盛名。

湖心亭

湖心亭旧为湖心寺，湖中三塔，此其一也。明弘治间，按察司佥事阴子淑[1]，秉宪甚厉，寺僧怙镇守中官，杜门不纳官长，阴廉其奸事毁之[2]，并去其塔。嘉靖三十一年，太守孙孟寻遗迹，建亭其上。露台亩许，周以石栏，湖山胜概，一览无遗。数年寻圮。万历四年，佥事徐廷祼重建[3]。二十八年，司礼监孙东瀛改为清喜阁，金碧辉煌，规模壮丽，游人望之如海市蜃楼。烟云吞吐，恐滕王阁、岳阳楼俱无甚伟观也。春时，山景、睺罗[4]、书画、骨董，盈砌盈阶，喧阗扰嚷[5]，声息不辨。夜月登此，阒寂凄凉[6]，如入鲛宫海藏。月光晶沁，水气滃之，人稀地僻，不可久留。

张京元《湖心亭小记》：

湖心亭雄丽空阔。时晚照在山，倒射水面，新月挂东，所不满者半规，金盘玉饼，与夕阳彩翠重轮交网，不觉狂叫欲绝。恨亭中四字匾、隔句对联，填楣盈栋，安得借咸阳一炬[7]，了此业障。

张岱《湖心亭小记》[8]：

崇祯五年十二月，余住西湖。大雪三日，湖中人鸟声俱绝。是日更定矣，余拏一小舟，拥毳衣炉火[9]，独往湖心亭看雪。雾凇沆砀[10]，天与云、与山、与水，上下一白。湖上影子，惟长堤一痕，湖心亭一点，与余舟一芥，舟中人两三粒而已。到亭上，有两人铺毡对坐，一童子烧酒炉正沸。见余大惊喜，曰："湖中焉得更有此人！"拉与同饮。余强饮三大白而别[11]。问其姓氏，是金陵人，客此。及下船，舟子喃喃曰："莫说相公痴，更有痴似相公者。"

胡来朝《湖心亭柱铭》[12]：

四季笙歌，尚有穷民悲夜月。
六桥花柳，浑无隙地种桑麻。

郑烨《湖心亭柱铭》[13]：

亭立湖心，俨西子载扁舟，雅称雨奇晴好。
席开水面，恍东坡游赤壁，偏宜月白风清。

张岱《清喜阁柱对》：

如月当空，偶似微云点河汉。
在人为目，且将秋水剪瞳神。

注释

①阴子淑：字宗孟，四川内江人，曾任浙江按察使。

②廉：考察、查访。

③徐廷祼 guàn：字士敏，昆山人，曾任按察司佥事。

④睺 hóu 罗：即摩睺罗。唐、宋、元习俗，七夕用土、木、蜡等制成婴孩形玩具。为送子祥物。

⑤阗 tián：充满。

⑥阒 qù：寂静。

⑦咸阳一炬：语出《史记·项羽本纪》："项羽引兵西屠咸阳，杀秦降王子婴，烧秦宫室，火三月不灭。"

⑧《湖心亭小记》：此文选自张岱《陶庵梦忆》，原名《湖心亭看雪》。

⑨毳 cuì：鸟兽的细毛。

⑩雾凇：水汽凝成的冰花。沆砀 hàngdàng：白气弥漫的样子。

⑪大白：大酒杯。

⑫胡来朝（1561—1627）：字杼丹，别号光六。明代赞皇人，官至都察院右佥都御史。

⑬郑烨：字文光，钱塘人，官安庆府丞。

简评

此文与《湖心亭看雪》同读，文思俱妙。夜月登亭，不食人间烟火。冬日看雪，无一点纤毫杂尘。非性灵之笔，湖心亭之景未易绘得。

放生池

宋时有放生碑，在宝石山下。盖天禧四年，王钦若请以西湖为放生池[①]，禁民网捕，郡守王随为之立碑也[②]。今之放生池，在湖心亭之南。外有重堤，朱栏屈曲，桥跨如虹，草树蓊翳，尤更岑寂。古云：三潭印月，即其地也。春时游舫如鹜，至其地者，百不得一。其中佛舍甚精，复阁重楼，迷禽暗日，威仪肃洁，器钵无声。但恨鱼牢幽闭，涨腻不流，刿鬐缺鳞[③]，头大尾瘠，鱼若能言，其苦万状。以理揆之[④]，孰若纵壑开樊，听其游泳，则物性自遂，深恨俗僧难与解释耳。昔年余到云栖，见鸡鹅豚羖[⑤]，共牢饥饿，日夕挨挤，堕水死者不计其数。余向莲池师再四疏说，亦谓未能免俗，聊复尔尔。后见兔鹿猢狲，亦受禁锁，余曰："鸡凫豚羖，皆借食于人，若兔鹿猢狲，放之山林，皆能自食，何苦锁禁，待以胥縻[⑥]。"莲师大笑，悉为撤禁，听其所之，见者大快。

陶望龄《放生池》诗：

介卢晓牛鸣[⑦]，冶长识雀哕[⑧]。
吾愿天耳通，达此音声类。

群鱼泣妻妾，鸡鹜呼弟妹。
不独死可哀，生离亦可慨。
闽语既嘤咿，吴听了难会。
宁闻闽人肉，忍作吴人脍。
可怜登陆鱼，喻喁向人谇[9]。
人曰鱼口喑，鱼言人耳背。
何当破网罗，施之以无畏。

昔有二勇者，操刀相与酤。
曰子我肉也，奚更求食乎。
互割还互啖，彼尽我亦屠。
食彼同自食，举世嗤其愚。[10]
还语血食人[11]，有以异此无？

吴越王钱镠于西湖上税渔，名“使宅渔”。一日，罗隐入谒，壁有《磻溪垂钓图》[12]，王命题之。题云：“吕望当年展庙谟，直钩钓国又何如。假令身住西湖上，也是应供使宅鱼。”王即罢渔税。

放生池柱对：

天地一网罟，欲度众生谁解脱。
飞潜皆性命，但存此念即菩提。

注释

①王钦若（962—1025）：字定国，北宋新喻人，官至宰相。

②王随：字子正，北宋河阳人，曾任杭州知府。

③刲 guì：割开，切口。

④揆 kuí：度，揣测。

⑤羖 gǔ：黑色的公羊。

⑥胥縻：同“胥靡”，古代服劳役的奴隶或刑徒。文中指束缚、捆绑。

⑦介卢：介葛卢，春秋时介国君主，相传懂兽语。

⑧冶长：公冶长，春秋时齐国人，孔门弟子，善听鸟语。

⑨噞喁 yǎnyóng：鱼口开合貌。

⑩“昔有”八句：意为把“鲁莽”和“愚蠢”当成“勇敢”，闹出笑话。典出《吕氏春秋·当务》：“齐之好勇者，其一人居东郭，其一人居西郭，卒然相遇于涂，曰：‘姑相饮乎？’觞数行，曰：‘姑求肉乎？’一人曰：‘子，肉也；我，肉也，尚胡革求肉而为？于是具染而已。’因抽刀而相啖，至死而止。勇若此，不若无勇。”

⑪血食人：食荤者。

⑫磻 pán 溪：溪水名，在今陕西宝鸡。传说为姜子牙垂钓之处。

简评

西湖的青山绿水，以及绿水之下的鱼鳖虾蟹，不胜任何人力之缚。适性任情，所以美好。作者深谙此理，故再三恳请莲师撤除锁禁。

醉白楼

杭州刺史白乐天，啸傲湖山时，有野客赵羽者，湖楼最畅，乐天常过其家，痛饮竟日，绝不分官民体。羽得与乐天通往来，索其题楼，乐天即颜之曰："醉白"，在茅家埠，今改吴庄。一松苍翠，飞带如虬，大有古色，真数百年物。当日白公，想定盘礴其下①。

倪元璐《醉白楼》诗：

金沙深处白公堤，太守行春信马蹄。
冶艳桃花供祇应，迷离烟柳藉提携。
闲时风月为常主，到处鸥凫是小傒。
野老偶然同一醉，山楼何必更留题。

注释

①盘礴：即箕踞而坐。席地张腿，不拘礼节。

简评

事虽平常，意犹未尽。想公当年：一壶浊酒，湖楼邀友。醉则解衣散发，安卧松间，烦暑尽消。其快慰不可尽言矣！

小青佛舍

小青，广陵人。十岁时，遇老尼口授《心经》，一过成诵。尼曰："是儿早慧福薄，乞付我作弟子。"母不许。长好读书，解音律，善奕棋。误落武林富人，为其小妇。大妇奇妒，凌逼万状。一日携小青往天竺，大妇曰："西方佛无量，乃世独礼大士，何耶？"小青曰："以慈悲故耳。"大妇笑曰："我亦慈悲若。"乃匿之孤山佛舍，令一尼与俱。小青无事，辄临池自照，好与影语，絮絮如问答，人见辄止。故其诗有"瘦影自临春水照，卿须怜我我怜卿"之句。后病瘵[①]，绝粒，日饮梨汁少许，奄奄待尽。乃呼画师写照，更换再三，都不谓似。后画师注视良久，匠意妖纤。乃曰："是矣。"以梨酒供之榻前，连呼："小青！小青！"一恸而绝，年仅十八。遗诗一帙。大妇闻其死，立至佛舍，索其图并诗焚之，遽去。

小青《拜慈云阁》诗：

稽首慈云大士前，莫生西土莫生天。
愿将一滴杨枝水[②]，洒作人间并蒂莲。

又《拜苏小小墓》诗：

西泠芳草绮粼粼，内信传来唤踏青。
杯酒自浇苏小墓，可知妾是意中人。

注释

①瘵 zhài：痨病。

②杨枝水：佛教喻称能使万物复苏的甘露。

简评

此文为小青作传，皆浅淡语，而读之怃然。小青之诗流传更广的是这一首："冷雨幽窗不可听，挑灯闲看《牡丹亭》。人间亦有痴于我，岂独伤心是小青？"

卷四　西湖南路

柳洲亭

柳洲亭，宋初为丰乐楼[①]。高宗移汴民居杭地、嘉、湖诸郡，时岁丰稔，建此楼以与民同乐，故名。门以左，孙东瀛建问水亭。高柳长堤，楼船画舫，会合亭前，雁次相缀。朝则解维，暮则收缆。车马喧阗，驺从嘈杂，一派人声，扰嚷不已。堤之东尽为三义庙。过小桥折而北，则吾大父之寄园、铨部戴斐君之别墅[②]。折而南，则钱麟武阁学、商等轩冢宰、祁世培柱史、余武贞殿撰、陈襄范掌科各家园亭[③]，鳞集于此。过此，则孝廉黄元辰之池上轩、富春周中翰之芙蓉园，比间皆是。今当兵燹之后，半椽不剩，瓦砾齐肩，蓬蒿满目。李文叔作《洛阳名园记》[④]，谓以名园之兴废，卜洛阳之盛衰；以洛阳之盛衰，卜天下之治乱。诚哉言也！余于甲午年，偶涉于此，故宫离黍[⑤]，荆棘铜驼[⑥]，感慨悲伤，几效桑苎翁之游苕溪[⑦]，夜必恸哭而返。

张杰《柳洲亭》诗[⑧]：

谁为鸿濛凿此陂，涌金门外即瑶池。
平沙水月三千顷，画舫笙歌十二时。

今古有诗难绝唱，乾坤无地可争奇。
溶溶漾漾年年绿，销尽黄金总不知。

王思任《问水亭》诗：

我来一清步，犹未拾寒烟。
灯外兼星外，沙边更槛边。
孤山供好月，高雁语空天。
辛苦西湖水，人还即熟眠。

赵汝愚《丰乐楼柳梢青》词⑨：

水月光中，烟霞影里，涌出楼台。塞外笙箫，云间笑语，人在蓬莱。　天香暗逐风回，正十里荷花盛开。买个小舟，山南游遍，山北归来。

注释

①宋初：此指南宋初。

②戴斐君：戴澳，字斐君，奉天人，官至顺天府丞。

③钱麟武：钱象坤（1569—1640），字弘载，号麟武，明代会稽人，曾为东阁大学士（即文中“阁学”）。商等轩：商周祚，字明兼，号等轩，明代会稽人，曾任吏部尚书（即“冢宰”）。祁世培：即祁彪佳，曾任佥都御使（即“柱史”）。余武贞：余煌，字武贞，明末会稽人，曾任翰林院修撰(即“殿撰”)。陈襄范：

疑为陈熙昌，曾任吏部给事中（即“掌科”）。

④李文叔：李格非，字文叔，北宋济南人，李清照之父，累官礼部员外郎。

⑤离黍：亡国之意。典出《诗经·王风·黍离》之序。

⑥荆棘铜驼：喻国土沦陷，山河残破之象。典出《晋书·索靖传》：“靖有先识远量，知天下将乱，指洛阳宫门铜驼，叹曰：‘会见汝在荆棘中耳！’”

⑦桑苎翁：指唐代茶圣陆羽（733—804），复州竟陵人，隐居苕溪，自称桑苎翁，著《茶经》。苕溪：在今浙江北部。

⑧张杰：字子兴，号平洲生，明代仁和人。

⑨赵汝愚（1140—1196）：字子直，江西余干人。南宋宰相。

简评

作者寻梦柳洲亭诸景，忆昔日园亭鳞集，而今满目蓬蒿，乃发兴亡之叹。与其说是悲故园离黍，不如说是叹自身蹭蹬。他在《自为墓志铭》中写道：“少为纨绔子弟，极爱繁华，好精舍，好美婢，好娈童，好鲜衣……年至五十，国破家亡，避迹山居，所存者，破床碎几，折鼎病琴，与残书数帙，缺砚一方而已。”

灵芝寺

灵芝寺，钱武肃王之故苑也。地产灵芝，舍以为寺。至宋而规制寖宏[1]，高、孝两朝四临幸焉。内有浮碧轩、依光堂，为新进士题名之所。元末毁，明永乐初，僧竺源再造，万历二十二年重修。余幼时至其中看牡丹，干高丈馀，而花蕊烂熳，开至数千馀朵，湖中夸为盛事。寺畔有显应观，高宗以祀崔府君也。崔名子玉，唐贞观间为磁州滏阳令，有异政，民生祠之，既卒，为神。高宗为康王时，避金兵，走钜鹿，马毙，冒雨独行，路值三歧，莫知所往。忽有白马在道，鞚驭乘之[2]，驰至崔祠，马忽不见。但见祠马赭汗如雨，遂避宿祠中。梦神以杖击地，促其行。趋出门，马复在户，乘至斜桥，会耿仲南来迎，策马过涧，见水即化。视之，乃崔府君祠中泥马也。及即位，立祠报德，累朝崇奉异常。六月六日是其生辰，游人阗塞。

张岱《灵芝寺》诗：

项羽曾悲骓不逝[3]，活马犹然如泥塑。
焉有泥马去如飞，等闲直至黄河渡。

一堆龙骨蜕厓前，迢递芒砀迷云路。
茕茕一介走亡人，身陷柏人脱然过[④]。
建炎尚是小朝廷，百灵亦复加呵护。

注释

①寖 jìn：逐渐。

②鞚 kòng 驭：驾驭。

③“项羽”句：项羽兵败垓下时歌曰：“力拔山兮气盖世，时不利兮骓不逝。骓不逝兮可奈何，虞兮虞兮奈若何！”典见《史记·项羽本纪》。

④柏人：典出《史记·张耳陈馀列传》：“汉八年，上从东垣还，过赵，贯高等乃壁人柏人，要之置厕。上过欲宿，心动，问曰：‘县名为何？’曰：‘柏人。’‘柏人者，迫于人也！’不宿而去。”后遂用为皇帝行止戒备之意。

简评

安史之乱时有昭陵铁马助唐军的传说，宋时又有崔祠泥马渡康王的故事。古代战马可谓神矣。灵芝寺与显应观现已无迹可寻，故事却流传至今，颇为感人。

钱王祠

钱镠，临安石鉴乡人，骁勇有谋略。壮而微，贩盐自活。唐僖宗时[1]，平浙寇王仙芝[2]，拒黄巢，灭董昌，积功自显。梁开平元年[3]，封镠为吴越王。有讽镠拒梁命者，镠笑曰："吾岂失一孙仲谋耶！"遂受之。改其乡为临安县，军为锦衣军。是年，省茔垄[4]，延故老，旌钺鼓吹，振耀山谷。自昔游钓之所，尽蒙以锦绣，或树石至有封官爵者，旧贸盐担，亦裁锦韬之。一邻媪九十馀，携壶泉迎于道左，镠下车亟拜。媪抚其背，以小字呼之曰："钱婆留，喜汝长成。"盖初生时，光怪满室，父惧，将沉于了溪，此媪苦留之，遂字焉。为牛酒，大陈以饮乡人；别张蜀锦为广幄，以饮乡妇。年上八十者饮金爵，百岁者饮玉爵。镠起劝酒，自唱还乡歌以娱宾，曰："玉节还乡兮挂锦衣，父老远近来相随。斗牛光起天无欺，吴越一王驷马归。"时将筑宫殿，望气者言："因故府大之，不过百年；填西湖之半，可得千年。"武肃笑曰："焉有千年而其中不出真主者乎？奈何困吾民为！"遂弗改造。宋熙宁间，苏子瞻守郡，请以龙山废祠妙音院者，改为表忠观以祀之。今废。明嘉靖三十九年，督抚胡宗宪建祠于灵芝寺址，塑三世五王像[⑤]，春秋致祭，令其十九世孙德洪者守之。郡守陈柯重镌《表忠观碑记》于祠。

苏轼《表忠观碑记》：

熙宁十年十月戊子，资政殿大学士、右谏议大夫、知杭州军事臣抃言："故越国王钱氏坟庙，及其父、祖、妃、夫人、子孙之坟，在钱塘者二十有六，在临安者十有一，皆芜秽不治，父老过之，有流涕者。谨按：故武肃王镠，始以乡兵破走黄巢，名闻江淮。复以八都兵讨刘汉宏[⑥]，并越州以奉董昌，而自居于杭。及昌以越叛，则诛昌而并越，尽有浙东西之地，传其子文穆王元瓘。至其孙忠献王仁佐，遂破李景兵而取福州[⑦]。而仁佐之弟忠懿王俶又大出兵攻景，以迎周世宗之师[⑧]，其后，卒以国入觐。三世四王，与五代相为终始。天下大乱，豪杰蜂起，方是时，以数州之地，盗名字者不可胜数[⑨]，既覆其族，延及于无辜之民，罔有孑遗。而吴越地方千里，带甲十万，铸山煮海[⑩]，象犀珠玉之富，甲于天下，然终不失臣节，贡献相望于道。是以其民至于老死不识兵革，四时嬉游，歌舞之声相闻，至于今不废。其有德于斯民甚厚。皇帝受命，四方僭乱，以次削平。西蜀江南[11]，负其险远，兵至城下，力屈势穷，然后束手。而河东刘氏[12]，百战守死，以抗王师，积骸为城，洒血为池，竭天下之力，仅乃克之。独吴越不待告命[13]，封府库，籍郡县，请吏于朝，视去国如传舍，其有功于朝廷甚大。昔窦融以河西归汉[14]，光武诏右扶风修其父祖坟茔，祀以太牢。今钱氏功德殆过于融，而未及百年，坟庙不治，行道伤嗟，甚非所以劝奖忠臣、慰答民心之义也。臣愿以龙山废佛寺曰妙音院者为观，使钱氏之孙为道士曰自然者居之。凡坟庙之在钱塘者，以付自然。其在临安者，以付其县之净土寺僧曰道微。岁各度其徒一人，使世掌之。籍其地之所入，以时修其祠宇，封植其草木。有不治者，县令亟察之，甚者，易其人，庶几永终不堕，以称朝廷待钱氏之意。臣抃昧死以闻。”制曰：可。其妙音院赐改名表忠观。

铭曰：天目之山，苕水出焉。龙飞凤舞，萃于临安。笃生异人，绝类离群。奋梃大呼，从者如云。仰天誓江，月星晦蒙。强弩射潮[15]，江海为东。杀宏诛昌，奄有吴越。金券玉册[16]，虎符龙节[17]。大城其居，包络山川。左江右湖，控引岛蛮。岁时归休，以燕父老。晔如神人，玉带球马[18]。四十一年，寅畏小心。厥篚相望[19]，大贝南金[20]。五胡昏乱，罔堪托国。三王相承，以符有德。既获所归，弗谋弗咨。先王之志，我维行之。天祚忠孝，世有爵邑。允文允武，子孙千亿。帝谓守臣，治其祠坟。毋俾樵牧，愧其后昆。龙山之阳，岿焉斯宫。匪私于钱，惟以劝忠。非忠无君，非孝无亲。凡百有位，视此刻文。

张岱《钱王祠》诗：

扼定东南十四州，五王并不事兜鍪。
英雄球马朝天子，带砺山河拥冕旒[21]。
大树千株被锦绂，钱塘万弩射潮头。
五胡纷扰中华地，歌舞西湖近百秋。

又《钱王祠柱铭》：

力能分土，提乡兵杀宏诛昌；一十四州，鸡犬桑麻，撑住东南半壁。

志在顺天，求真主迎周归宋；九十八年，象犀筐篚，混同吴越一家。

注释

①唐僖宗：唐代皇帝李儇，873—888 年在位。

②王仙芝：濮州人，唐末农民起义军领袖。

③开平：五代时期后梁太祖朱温年号（907—911）。

④茔yíng垄：坟墓，墓地。

⑤三世五王：吴越传国三代，历五王，分别为钱镠、钱传瓘（后改名钱元瓘）、钱弘佐、钱弘倧、钱弘俶。

⑥八都兵：约八千兵力。刘汉宏：山东兖州人，唐末义胜军节度使，割据军阀，后被钱镠所杀。

⑦李景：即南唐中主李璟（916—961），943—961年在位。

⑧周世宗：即后周皇帝柴荣（921—959），954—959年在位。

⑨盗名字者：僭越称帝的人。

⑩铸山煮海：比喻善于开发自然资源。典出《史记·吴王濞列传》："吴有豫章郡铜山，濞则招致天下亡命者盗铸钱，煮海水为盐。"

⑪西蜀：后蜀。江南：南唐。

⑫河东刘氏：指刘崇建立的北汉政权。

⑬告命：北宋命令吴越归降的文告。

⑭窦融（前16—62）：字周公，扶风平陵人，新莽末期割据河西，后归汉光武帝。

⑮强弩射潮：钱镠为镇波涛，曾率弓箭手射潮，始修成海塘。事出《宋史·河渠志》。

⑯金券：即免死铁券。玉册：赐封王位的诏册。

⑰虎符龙节：古代帝王授予臣下调拨军队的重要凭证。

⑱玉带球马：《新五代史·吴越世家》载："太祖尝问吴越进奏吏曰：'钱镠平生有所好乎？'吏曰：'好玉带、名马。'太祖笑曰：'真英雄也。'乃以玉带一匣、打球御马十匹赐之。"

⑲篚 fěi：古代盛物的竹器。

⑳大贝：贝类。南金：南方出产的铜。

㉑带砺山河：天子与大臣之间的盟誓。典出《史记·高祖功臣侯者年表》："封爵之誓曰：'使河如带，泰山若厉，国以永宁，爰及苗裔。'"

简评

吴越王钱镠于西湖居功甚伟，故作者此篇专写钱镠。《钱氏家训》云："利在一身勿谋也，利在天下者必谋之。"钱镠恪守己训，非但不填埋西湖，反而疏浚之。他于西湖之仁德将永韫于山水。

净慈寺

净慈寺，周显德元年钱王俶建[①]，号慧日永明院，迎衢州道潜禅师居之。潜尝欲向王求金铸十八阿罗汉，未白也。王忽夜梦十八巨人随行。翌日，道潜以请，王异而许之，始作罗汉堂。宋建隆初[②]，禅师延寿以佛祖大意，经纶正宗，撰《宗镜录》一百卷，遂作宗镜堂。熙宁中，郡守陈襄延僧宗本居之[③]。岁旱，湖水尽涸。寺西隅甘泉出，有金色鳗鱼游焉，因凿井，寺僧千馀人饮之不竭，名曰圆照井。南渡时，毁而复建，僧道容鸠工五岁始成[④]。塑五百阿罗汉，以田字殿贮之。绍兴九年，改赐“净慈报恩光化寺”额，复毁。孝宗时，一僧募缘修殿，日餍酒肉而返，寺僧问其所募钱几何，曰：“尽饱腹中矣。”募化三年，簿上布施金钱，一一开载明白。一日，大喊街头曰：“吾造殿矣。”复置酒肴，大醉市中，揠喉大呕，撒地皆成黄金，众缘自是毕集，而寺遂落成。僧名济颠[⑤]。识者曰：“是即永明后身也。”嘉泰间[⑥]，复毁，再建于嘉定三年。寺故闳大，甲于湖山。翰林程珌记之[⑦]，有“湿红映地，飞翠侵霄，檐转鸾翎，阶排雁齿。星垂珠网，宝殿洞乎琉璃；日耀璇题[⑧]，金椽耸乎玳瑁[⑨]”之语。时宰官建议，以京辅佛寺推次甲乙，尊表五山[10]，为诸刹纲领，而净慈与焉。先是，寺僧艰汲，担水湖滨。绍定四年[11]，僧法薰以锡杖扣殿前地，出泉二派，锹为双井，水得无缺。淳祐十年，建千佛阁，理宗书“华严法界正偏知阁”八字赐之。元季，湖寺尽毁，而兹寺独存。明洪武间毁，僧法净重建。正统间复毁，僧宗妙复建。万历二十年，司礼监孙隆重修，铸铁鼎，葺钟楼，构井亭，架棹楔[12]。永乐间，建文帝隐遁于此寺中[13]，有其遗像，状貌魁伟，迥异常人。

袁宏道《莲花洞小记》：

莲花洞之前为居然亭。亭轩豁可望，每一登览，则湖光献碧，须眉形影，如落镜中。六桥杨柳，一路牵风引浪，萧疏可爱。晴雨烟月，风景互异，净慈之绝胜处也。洞石玲珑若生，巧逾雕镂。余常谓：吴山南屏一派，皆石骨土肤，中空四达，愈搜愈出。近若宋氏园亭，皆搜得者。又紫阳宫石，为孙内使搜出者甚多。噫，安得五丁神将，挽钱塘江水，将尘泥洗尽，出其奇奥，当何如哉！

王思任《净慈寺》诗：

净寺何年出，西湖长翠微。

佛雄香较细，云饱绿交肥。

岩竹支僧阁，泉花蹴客衣。

酒家莲叶上，鸥鹭往来飞。

注释

①显德：后周年号（954—960）。

②建隆：宋太祖年号（960—963）。

③陈襄（1017—1080）：字述古，北宋侯官古灵人，又称古灵先生。曾为杭州知府。

④鸠工：聚集工匠。

⑤济颠：济公（1148—1209），原名李修缘，浙江台州人。初在杭州灵隐寺出家，后住净慈寺，南宋高僧，也是民间传颂的活佛。

⑥嘉泰：宋宁宗年号（1201—1204）。

⑦程珌 bì（1164—1242）：字怀古，南宋休宁人，官至礼部尚书。

⑧璇题：指玉饰的椽头。

⑨玳瑁：玳瑁梁，雕梁画栋之类。

⑩五山：田汝成《西湖游览志馀》卷十四《方外玄踪》记载："嘉定间，品第江南诸寺，以余杭径山寺，钱塘灵隐寺、净慈寺，宁波天童寺、育王寺，为禅院五山。"

⑪绍定：宋理宗年号（1228—1233）。

⑫棹楔：立于正门两旁，用于表彰或纪念的木柱。

⑬建文帝：即朱允炆，明太祖朱元璋长孙，1399—1402年在位，年号建文。燕王朱棣发起靖难之役后，建文帝下落不明，民间传其隐于寺中。

简评

此篇以史家之笔录净慈兴衰，又间插传奇。钱王梦罗汉、济公吐黄金、建文帝隐净慈皆为文添趣。尤以济公之事为妙，读之令人解颐。

小蓬莱

小蓬莱在雷峰塔右，宋内侍甘昇园也[1]。奇峰如云，古木蓊蔚，理宗常临幸。有御爱松，盖数百年物也。自古称为小蓬莱。石上有宋刻“青云岩”、“鳌峰”等字。今为黄贞父先生读书之地[2]，改名“寓林”，题其石为“奔云”。余谓“奔云”得其情[3]，未得其理。石如滇茶一朵，风雨落之，半入泥土，花瓣棱棱，三四层摺。人走其中，如蝶入花心，无须不缀。色黝黑如英石，而苔藓之古，如商彝周鼎入土千年，青绿彻骨也。贞父先生为文章宗匠，门人数百人。一时知名士，无不出其门下者。余幼时从大父访先生。先生面黧黑[4]，多髭须，毛颊，河目海口，眉棱鼻梁，张口多笑。交际酬酢，八面应之。耳聆客言，目睹来牍，手答回札，口嘱傒奴，杂沓于前，未尝少错。客至，无贵贱，便肉、便饭食之，夜与同榻。余一书记往，颇秽恶，先生寝食之无异也。天启丙寅，余至寓林，亭榭倾圮，堂中窀先生遗蜕[5]，不胜人琴之感[6]。今当丁酉，再至其地，墙围俱倒，竟成瓦砾之场。余欲筑室于此，以为东坡先生专祠，往鬻其地[7]，而主人不肯。但林木俱无，苔藓尽剥。“奔云”一石，亦残缺失次，十去其五。数年之后，必鞠为茂草[8]，荡为冷烟矣。菊水桃源[9]，付之一想。

张岱《小蓬莱奔云石》诗：

滇茶初着花，忽为风雨落。
簇簇起波棱，层层界轮廓。
如蝶缀花心，步步堪咀嚼。
薜萝杂松楸，阴翳罩轻幕。
色同黑漆古，苔斑解竹箨。
土绣鼎彝文，翡翠兼丹雘。
雕琢真鬼工，仍然归浑朴。
须得十年许，解衣恣盘礴。
况遇主人贤，胸中有丘壑。
此石是寒山，吾语尔能诺[10]。

注释

①甘昪：当为甘昪 biàn，宋孝宗时太监，为内侍押班。

②黄贞父：黄汝亨（1558—1626），字贞父，号寓庸，钱塘人。万历进士，官至江西布政司参议。

③此句至“不胜人琴之感”为《陶庵梦忆》之文，原名《奔云石》。

④黧 lí：黑里带黄。

⑤窀 zhūn：墓穴。

⑥人琴之感：意为睹物思人，痛悼亡友。典出《世说新语·伤逝》："王子猷、子敬俱病笃，而子敬先亡。子猷问左右：'何以都不闻消息？此已丧矣。'语时了不悲。便索舆来奔丧，都不哭。子敬素好琴，便径入坐灵床上，取子敬琴弹，弦既不调，掷地云：'子敬子敬，人琴俱亡。'因恸绝良久，月馀亦卒。"

⑦鬻 yù：卖，出售。

⑧鞠：穷尽。

⑨菊水桃源：隐士乐土、胜景仙境。菊水，为湍河支流，在河南内乡县。郦道元《水经注·湍水》云其"源旁悉生菊草，潭涧滋液，极成甘美。云此谷之水土，餐挹长年。"桃源，即陶渊明《桃花源记》中的乐土。

⑩"此石"二句：典出《朝野佥载》："梁庾信从南朝初至北方，文士多轻之，信将《枯树赋》以示之，于后无敢言者。时温子昇作《韩陵山寺碑》，信读而写其本，南人问信曰：'北方文士何如？'信曰：'唯有韩陵山一片石堪共语。薛道衡、卢思道少解把笔，自余驴鸣犬吠，聒耳而矣。'"

简评

“色同黑漆古，苔斑解竹箨。土绣鼎彝文，翡翠兼丹雘”，不只是石的写照，作者的意念实在“况遇主人贤”一句。小蓬莱之石，黄贞父其人，意象契合，并有情意居于胸间，故能睹物兴情。

雷峰塔

雷峰者，南屏山之支麓也。穹窿回映，旧名中峰，亦名回峰。宋有雷就者居之，故名雷峰。吴越王于此建塔，始以十三级为准，拟高千尺。后财力不敷，止建七级。古称王妃塔。元末失火，仅存塔心。雷峰夕照，遂为西湖十景之一。曾见李长蘅题画有云："吾友闻子将尝言[①]：'湖上两浮屠，宝俶如美人，雷峰如老衲。'予极赏之。辛亥在小筑，与沈方回池上看荷花[②]，辄作一诗，中有句云：'雷峰倚天如醉翁'。严印持见之[③]，跃然曰：'子将老衲不如子醉翁，尤得其情态也。'盖余在湖上山楼，朝夕与雷峰相对，而暮山紫气，此翁颓然其间，尤为醉心。然予诗落句云：'此翁情淡如烟水。'则未尝不以子将老衲之言为宗耳。癸丑十月醉后题。"

林逋《雷峰》诗：

中峰一径分，盘折上幽云。
夕照前林见，秋涛隔岸闻。
长松标古翠，疏竹动微薰。
自爱苏门啸[④]，怀贤事不群。

张岱《雷峰塔》诗：

闻子状雷峰，老僧挂偏裻[5]。
日日看西湖，一生看不足。

时有薰风至，西湖是酒床。
醉翁潦倒立，一口吸西江。

惨淡一雷峰，如何擅夕照。
遍体是烟霞，掀髯复长啸。

怪石集南屏，寓林为其窟。
岂是米襄阳，端严具袍笏[6]。

注释

①闻子将：闻启祥（1579—1637），字子将，明代杭州人。

②沈方回：疑为邹方回，钱塘人。

③严印持：严调御，字印持，明代杭州人。

④苏门啸：诗中比喻高士的情趣。《世说新语·栖逸》载阮籍曾在苏门长啸。刘孝标引《魏氏春秋》注曰："……籍乃嘐然长啸，韵响寥亮。苏门先生乃逌尔而笑。籍既降，先生喟然高啸，有如凤音。"

⑤裻 dū：衣背缝。

⑥“岂是”二句：米襄阳，即北宋画家米芾，平生嗜石，曾具袍笏拜石。事见叶梦得《石林燕语》。

简评

清朝《西湖志》摹写“雷峰夕照”之景曰：“孤塔岿然独存，砖皆赤色，藤萝牵引，苍翠可爱，日光西照，亭台金碧，与山光倒映，如金镜初开，火珠将附。虽赤城栖霞不是过也。”此为西湖十景之一。作者援引一段诗家切磋之妙谈，比拟雷峰情态，逸趣横生。

包衙庄[1]

西湖之船有楼，实包副使涵所创为之。大小三号：头号置歌筵，储歌童；次载书画；再次侍美人。涵老以声伎非侍妾比，仿石季伦、宋子京家法[2]，都令见客。常靓妆走马，媻姗勃窣[3]，穿柳过之，以为笑乐。明槛绮疏[4]，曼讴其下，擫籥弹筝[5]，声如莺试。客至，则歌童演剧，队舞鼓吹，无不绝伦。乘兴一出，住必浃旬[6]，观者相逐，问其所之。南园在雷峰塔下，北园在飞来峰下。两地皆石薮，积牒磥砢[7]，无非奇峭。但亦借作溪涧桥梁，不于山上叠山，大有文理。大厅以拱斗抬梁，偷其中间四柱，队舞狮子甚畅。北园作八卦房，园亭如规，分作八格，形如扇面。当其狭处，横亘一床，帐前后开阖，下里帐则床向外，下外帐则床向内。涵老据其中，扃上开明窗[8]，焚香倚枕，则八床面面皆出。穷奢极欲，老于西湖者二十年。金谷、郿坞[9]，着一毫寒闲不得，索性繁华到底，亦杭州人所谓“左右是左右”也。西湖大家何所不有，西子有时亦贮金屋[10]。咄咄书空[11]，则穷措大耳[12]。

陈函辉《南屏包庄》诗：

独创楼船水上行，一天夜气识金银。
歌喉裂石惊鱼鸟，灯火分光入藻蘋。
潇洒西园出声妓，豪华金谷集文人。
自来寂寞皆唐突，虽是逋仙亦恨贫。

注释

①包衙庄：此文选自张岱《陶庵梦忆》，原名《包涵所》。

②石季伦：石崇（249—300），字季伦，西晋渤海南皮人，南方巨富。宋子京：宋祁（998—1061），字子京，北宋开封雍丘人，幼居安陆，家蓄声伎。

③媻 pán 姗：亦作“媻珊”，飘动貌。勃窣 sū：亦作“勃崒”，婆娑，摇曳貌。

④绮疏：雕刻成空心花纹的窗户。

⑤擫 yè：用手指按压。籥 yuè：古代管乐器。

⑥浃 jiā 旬：一旬，十天。

⑦礧砢 lěiluǒ：众多委积貌。

⑧扃 jiōng：门户。

⑨金谷：石崇的别业。郿坞：汉末董卓所筑，号称“万岁坞”，坞中粮谷、珍宝无数。

⑩贮金屋：即金屋藏娇。典出《汉武故事》：“若得阿娇作妇，当作金屋贮之。”

⑪咄咄书空：形容失志、懊恨之态。典出《世说新

语·黜免》："殷中军被废，在信安，终日恒书空作字。扬州吏民寻义逐之，窃视，唯作'咄咄怪事'四字而已。"

⑫穷措大：旧时讥称穷读书人。

简评

作者少时鲜衣美食，与包应登同为富贵公子，故善言繁华之景。包公终身荣华，然死去万事皆空；作者家道中落，然笔健思超，拾繁华录于纸上。

南高峰

南高峰在南北诸山之界，羊肠佶屈，松篁葱蒨，非芒鞋布袜，努策支筇[①]，不可陟也。塔居峰顶，晋天福间建，崇宁、乾道两度重修[②]。元季毁。旧七级，今存三级。塔中四望，则东瞰平芜，烟销日出，尽湖中之景。南俯大江，波涛洄洑[③]，舟楫隐见杳霭间。西接岩窦，怪石翔舞，洞穴邃密。其侧有瑞应像，巧若鬼工。北瞩陵阜，陂陁曼延[④]，箭枥丛出，麰麦连云[⑤]。山椒巨石屹如峨冠者，名先照坛，相传道者镇魔处。峰顶有钵盂潭、颖川泉，大旱不涸，大雨不盈。潭侧有白龙洞。

道隐《南高峰》诗：

南北高峰两郁葱，朝朝滃浡海烟封[⑥]。
极颠螺髻飞云栈，半岭峨冠怪石供。
三级浮屠巢老鹘，一泓清水豢痴龙。
倘思济胜烦携具，布袜芒鞋策短筇。

注释

① 筇 qióng：手杖。

②崇宁：宋徽宗年号（1102—1106）。乾道：宋孝宗年号（1165—1173）。

③洄洑：湍急回旋的流水。

④陂陁 pōtuó：倾斜不平的样子。

⑤麰 móu：大麦。

⑥滃浡 bó：云蒸雾涌。

简评

此篇用田汝成《西湖游览志》之文。原文言峰顶之塔“今存五级”，作者改为“三级”，可见其以史家之心孜孜考证之功。

烟霞石屋

由太子湾南折而上[①]，为石屋岭。过岭为大仁禅寺，寺左为烟霞石屋。屋高厂虚明，行迤二丈六尺，状如轩榭，可布几筵。洞上周镌罗汉五百十六身。其底邃窄通幽，阴翳杳霭。侧有蝙蝠洞，蝙蝠大者如鸦，挂搭连牵，互衔其尾。粪作奇臭，古庙高梁，多受其累。会稽禹庙亦然。由山椒右旋为新庵，王予安亹、陈章侯洪绶尝读书其中。余往访之，见石如飞来峰，初经洗出，洁不去肤，隽不伤骨，一洗杨髡凿佛之惨。峭壁奇峰，忽露生面，为之大快。建炎间，里人避兵其内，数千人皆获免。岭下有水乐洞，嘉泰间为杨郡王别圃[②]。垒石筑亭，结构精雅。年久芜秽不治，水乐绝响。贾秋壑以厚直得之，命寺僧深求水乐所以兴废者，不得其说。一日，秋壑往游，頫睨旁听，悠然有会，曰："谷虚而后能应，水激而后能响，今水潴其中，土壅其外，欲其发响，得乎？"亟命疏壅导潴，有声从洞涧出，节奏自然。二百年胜概，一日始复。乃筑亭，以所得东坡真迹，刻置其上。

苏轼《水乐洞小记》：

钱塘东南有水乐洞，泉流岩中，皆自然宫商。又自灵隐、下天竺而上，至上天竺，溪行两山间，巨石磊磊如牛羊，其声空砻然[3]，真若钟鼓，乃知庄生所谓天籁[4]，盖无在不有也。

袁宏道《烟霞洞小记》：

烟霞洞，亦古亦幽，凉沁入骨，乳汁涔涔下。石屋虚明开朗，如一片云，欹侧而立[5]，又如轩榭，可布几筵。余凡两过石屋，为佣奴所据，嘈杂若市，俱不得意而归。

张京元《石屋小记》：

石屋寺，寺卑下无可观。岩下石龛，方广十笏，遂以屋称。屋内，好事者置一石榻，可坐。四傍刻石像如傀儡，殊不雅驯。想以幽僻得名耳。出石屋西，上下山阪夹道皆丛桂，秋时着花，香闻数十里，堪称金粟世界。

又《烟霞寺小记》：

烟霞寺在山上，亦荒落，系中贵孙隆易创，颇新整。殿后开宕，取土石骨尽出，巉峭可观[6]。由殿右稍上两三盘，经象鼻峰，东折数十武，为烟霞洞。洞外小亭踞之，望钱塘如带。

李流芳《题烟霞春洞画》：

从烟霞寺山门下，眺林壑窈窕，非复人境。李花时尤奇，真琼林瑶岛也。犹记与闲孟、无际，自法相寺至烟霞洞，小憩亭子，渴甚，无从得酒。见两伧父携榼至⑦，闲孟口流涎，遽从乞饮，伧父不顾，予辈大怪。偶见梁间恶诗，书一板上，乃抉而掷之，伧父跄踉而走。念此辄喷饭不已也。

注释

①太子湾：为南宋庄文、景献二太子停放棺木处，故名。

②杨郡王：杨存中（1102—1166），字正甫，山西原平人，北宋名将杨业后人，一生抗金。

③砻 lóng：意为去掉稻壳的农具，此处用作象声词。

④庄生所谓天籁：语出《庄子·齐物论》："子綦曰：'夫天籁者，吹万不同，而使其自已也。咸其自取，怒者其谁邪！'"

⑤攲 yī：歪斜、斜靠。

⑥巉 chán：山势高峻。

⑦榼 kē：盛酒的器具。

简评

西湖南高峰下烟霞岭上有“烟霞三洞”：石屋洞、水乐洞、烟霞洞。石屋洞高敞如屋，故而得名，洞中四围镌满佛像。水乐洞中可观各种钟乳石，并有山泉涌出，盖为记载中泠泠水乐。

高丽寺

高丽寺本名慧因寺，后唐天成二年[①]，吴越钱武肃王建也。宋元丰八年[②]，高丽国王子僧统义天入贡，因请净源法师学贤首教[③]。元祐二年，以金书汉译《华严经》三百部入寺，施金建华严大阁，藏塔以尊崇之。元祐四年，统义天以祭奠净源为名，兼进金塔二座。杭州刺史苏轼疏言："外夷不可使屡入中国，以疏边防，金塔宜却弗受。"神宗从之。元延祐四年[④]，高丽沈王奉诏进香幡经于此。至正末毁。洪武初重葺。俗称高丽寺。础石精工，藏轮宏丽[⑤]，两山所无。万历间，僧如通重修。余少时从先宜人至寺烧香[⑥]，出钱三百，命舆人推转轮藏，轮转呀呀，如鼓吹初作。后旋转熟滑，藏转如飞，推者莫及。

注释

①后唐：五代之一，李存勖所建政权（923—936）。天成二年：后唐明宗李亶年号，即公元 927 年。

②元丰：宋神宗年号（1078—1085）。

③净源（1011—1088）：字伯长，号潜叟，晋江人。贤首教：即华严宗。唐法藏，字贤首，为华严宗第

三祖。华严宗至贤首大成，故名。

④延祐：元仁宗年号（1314—1320）。

⑤藏轮：即轮藏，寺中可旋转的贮经书架。田汝成《西湖游览志馀·方外玄踪一》云："人有发菩提心者，推转是轮即与持诵诸经无异。"

⑥先宜人：指作者已故母亲。宜人，为五品命妇的封号。

简评

轮藏的创始者为梁朝善慧大士傅翕，大士创轮藏初衷在于："经目繁多，人或不能遍阅，乃就山中建大层龛，一柱八面，实以诸经运行不碍。"后世逐渐流传为不读经而只祈福佑之神物。高丽寺于2004年复建，寺中轮藏以楠木雕就，并饰金箔，仍以富丽精美的外形与奇妙独特的设计吸引游人、信徒。

法相寺

法相寺俗称长耳相。后唐时，有僧法真，有异相，耳长九寸，上过于顶，下可结颐，号长耳和尚。天成二年，自天台国清寒岩来游，钱武肃王待以宾礼，居法相院。至宋乾祐四年正月六日，无疾，坐方丈，集徒众，沐浴，趺跏而逝[①]。弟子辈漆其真身，供佛龛，谓是定光佛后身。妇女祈求子嗣者，悬幡设供无虚日。以此法相名著一时。寺后有锡杖泉，水盆活石。僧厨香洁，斋供精良。寺前茭白笋，其嫩如玉，其香如兰，入口甘芳，天下无比。然须在新秋八月，馀时不能也。

袁宏道《法相寺拜长耳和尚肉身戏题》：

轮相居然足[②]，漆光与鉴新。
神魂知也未，爪齿幻耶真。
骨董休疑客，庄严不待人。
饶他金与石，到此亦成尘。

徐渭《法相寺看活石》：

莲花不在水，分叶簇青山。

径折虽能入，峰迷不待还。

取蒲量石长，问竹到溪湾。

莫怪掩斜日，明朝恐未闲。

张京元《法相寺小记》：

法相寺不甚丽，而香火骈集。定光禅师，长耳遗蜕，妇人谒之，以为宜男，争摩顶腹，漆光可鉴。寺右数十武，度小桥，折而上，为锡杖泉。涓涓细流，虽大旱不竭。经流处，僧置一砂缸，挹注供爨[③]。久之，水土锈结，蒲生其上，厚几数寸，竟不见缸质，因名蒲缸。倘可铲置研池炉足，古董家不秦汉不道矣。

李流芳《题法相山亭画》：

去年在法相，有送友人诗云：“十年法相松间寺，此日淹留却共君。忽忽送君无长物，半间亭子一溪云。”时与方回、孟旸避暑竹阁，连夜风雨，泉声轰轰不绝。又有题扇头小景一诗：“夜半溪阁响，不知风雨歇。起视杳霭间，悠然见微月。”一时会心，不知作何语。今日展此，亦自可思也。壬子十月大佛寺倚醉楼灯下题。

注释

①趺跏 fūjiā：双足交叠而坐。

②轮相：指佛足掌纹如千辐轮。

③爨 cuàn：烧火做饭。

简评

长耳和尚被时人认为是定光佛转世，而历史上唯一被朝廷正式赐封“定光佛转世”的高僧，为泉州同安籍高僧郑自严，圆寂于龙岩武平县南安岩。长耳和尚则为泉州僧人陈行修，两僧不可混为一谈。佛转世轮回，无须拘于一时一躯之间。

于坟

于坟，于少保公以再造功[①]，受冤身死，被刑之日，阴霾翳天，行路踊叹。夫人流山海关，梦公曰："吾形殊而魂不乱，独目无光明，借汝眼光见形于皇帝。"翌日，夫人丧其明。会奉天门灾，英庙临视[②]，公形见火光中。上悯然念其忠，乃诏贷夫人归。又梦公还眼光，目复明也。公遗骸，都督陈逵密嘱瘗藏[③]。继子冕请葬钱塘祖茔，得旨奉葬于此。成化二年，廷议始白。上遣行人马璇谕祭。其词略曰："当国家之多难，保社稷以无虞；惟公道以自持，为权奸之所害。先帝已知其枉，而朕心实怜其忠。"弘治七年赐谥曰"肃愍"，建祠曰"旌功"。万历十八年，改谥"忠肃"。四十二年，御使杨鹤为公增廓祠宇，庙貌巍焕，属云间陈继儒作碑记之。碑曰："大抵忠臣为国，不惜死，亦不惜名。不惜死，然后有豪杰之敢；不惜名，然后有圣贤之闷。黄河之排山倒海，是其敢也；既能伏流地中万三千里，又能千里一曲，是其闷也。昔者土木之变，裕陵北狩[④]，公痛哭抗疏，止南迁之议，召勤王之师。卤拥帝至大同[⑤]，至宣府，至京城下，皆登城谢曰：'赖天地宗社之灵，国有君矣。’此一见《左传》[⑥]：楚人伏兵车，执宋公以伐宋，公子目夷令宋人应之曰：‘赖社稷之灵，国已有君矣。’楚人知虽执宋公，犹不得宋国，于是释宋公。又一见《廉颇传》[⑦]：秦王逼赵王会渑池。廉颇送至境曰：‘王行，度道里会遇礼毕还，不过三十日，不还，则请立太子为王，以绝秦望。’又再见《王旦传》[⑧]：契丹犯边，帝幸澶州。旦曰：‘十日之内，未有捷报，当何如？’帝默然良久，曰：‘立皇太子。’三者，公读书得力处也。由前言之，公为宋之目夷；由后言之，公不为廉颇、旦，何也？呜呼！茂陵之立而复废[⑨]，废而后当立，谁不知之？公之识，岂出王直、李侃、朱英下[⑩]？又岂出钟同、章纶下[⑪]？盖公相时度势，有不当言者，有不必言者。当裕陵在卤，茂陵在储，拒父则卫辄[⑫]，迎父则高宗[⑬]，战不可，和不可，无一而可，为制卤地，此不当言也。裕陵既返，见济薨，郕王病，天人攸归，非裕陵而谁？又非茂陵而谁？明率百官，朝请复辟，直以遵晦待时耳，此不必言也。若徐有贞、曹、石夺门之举[⑭]，乃变局，非正局；乃劫局，非迟局；乃纵横家局，非社稷大臣局也。或曰：盍去诸？呜呼！公何可去也。公在则裕陵安，而茂陵亦安。若公诤之，而公去之，则南宫之锢，不将烛影斧声乎[⑮]？东宫之废后[⑯]，不将宋之德昭乎[⑰]？公虽欲调郕王之兄弟，而实密护吾君之父子，乃知回銮，公功；其他日得以复辟，公功也；复储亦公功也。人能见所见，而不能见所不见。能见者，豪杰之敢；不能见者，圣贤之闷。敢于任死，而闷于暴君，公真古大臣之用心也哉！”公祠既盛，而四方之祈梦至者接踵，而答如响。

王思任《吊于忠肃祠》诗：

涕割西湖水，于坟望岳坟。
孤烟埋碧血[18]，太白黯妖氛[19]。
社稷留还我，头颅掷与君。
南城得意骨，何处暮杨闻。[20]
一派笙歌地，千秋寒食朝。
白云心浩浩，黄叶泪萧萧。
天柱擎鸿社[21]，人生付鹿蕉[22]。
北邙今古讳，几突丽山椒。

张溥《吊于忠肃》诗[23]：

栝柏风严辞月明[24]，至今两袖识书生[25]。
青山魂魄分夷夏，白日须眉见太平。
一死钱塘潮尚怒，孤坟岳渚水同清。
莫言软美人如土[26]，夜夜天河望帝京。

张岱《于少保祠》诗：

平生有力济危川，百二山河去复旋[27]。
宗泽死心援北狩，李纲痛哭止南迁。
渑池立子还无日，社稷呼君别有天。
复辟南宫岂是夺，借公一死取貂蝉[28]。

社稷存亡股掌中，反因罪案见精忠。
以君孤注忧王旦，分我杯羹归太公[29]。
但使庐陵存外邸[30]，自知冕服返桐宫[31]。
属镂赐死非君意[32]，曾道于谦实有功。

杨鹤《于坟华表柱铭》：

赤手挽银河，君自大名垂宇宙。
青山埋白骨，我来何处哭英雄。

又《正祠柱铭》：

千古痛钱塘，并楚国孤臣，白马江边，怒卷千堆夜雪。

两朝冤少保，同岳家父子，夕阳亭里，伤心两地风波。

董其昌《于少保祠柱铭》：

赖社稷之灵，国已有君，自分一腔抛热血。

竭股肱之力，继之以死，独留青白在人间。

张岱《于少保柱铭》：

宋室无谋，岁输卤数万币，和议既成，安得两宫归朔漠。

汉家斗智，幸分我一杯羹，挟求非计，不劳三寸返新丰。

张岱《定香桥小记》㉝：

甲戌十月，携楚生住不系园看红叶㉞。至定香桥，客不期至者八人：南京曾波臣㉟，东阳赵纯卿，金坛彭天锡㊱，诸暨陈章侯，杭州杨与民、陆九、罗三，女伶陈素芝。余留饮。章侯携缣素为纯卿画古佛，波臣为纯卿写照，杨与民弹三弦子，罗三唱曲，陆九吹箫。与民出寸许紫檀界尺，据小梧，用北调说《金瓶梅》一剧，使人绝倒。是夜，彭天锡与罗三、与民串本腔戏，妙绝；与楚生、素芝串调腔戏，又复妙绝。章侯唱村落小歌，余取琴和之，牙牙如语。纯卿笑曰："恨弟无一长，以侑兄辈酒。"余曰："唐裴将军旻居丧，请吴道子画天宫壁度亡母。道子曰：'将军为我舞剑一回，庶因猛厉，以通幽冥。'旻脱缞衣㊲，缠结，上马驰骤，挥剑入云，高十数丈，若电光下射，执鞘承之，剑透室而入，观者惊栗。道子奋袂如风，画壁立就。章侯为纯卿画佛，而纯卿舞剑，正今日事也。”纯卿跳身起，取其竹节鞭，重三十斤，作胡旋舞数缠[38]，大噱而罢。

注释

①于少保公：于谦（1398—1457），字廷益，号节庵，祖籍考城，后迁于浙江钱塘。官至少保，世称“于少保”。正统十四年（1449），明英宗在宦官王振挟持下亲征，被瓦剌首领也先所俘，史称“土木堡之变”。于谦等拥郕王为帝。后于谦击退也先，英宗回朝。景泰八年（1457），将军石亨发兵拥立英宗复辟，并诬陷于谦谋逆，英宗遂以“意欲”罪处死于谦。

②英庙：即英宗朱祁镇（1427—1464），葬于裕陵。

③瘗 yì：埋物祭地。

④北狩：英宗被俘北去的委婉说法。

⑤卤：通“虏”。

⑥《左传》：应为《公羊传·僖公二十一年》，文中系误记。

⑦《廉颇传》：指《史记·廉颇蔺相如列传》。

⑧《王旦传》：指《宋史·王旦传》。

⑨茂陵：指明宪宗朱见深，卒于茂陵。

⑩王直：吏部尚书。李侃：都给事中。朱英：监察御史。

⑪钟同：监察御史。章纶：仪制郎中。

⑫拒父则卫辄：典见《左传》。卫国太子蒯聩欲杀卫灵公宠姬南子，事败出逃，卫灵公传位蒯聩子辄，后蒯聩欲入国，辄拒不接纳。

⑬迎父则高宗：指宋高宗赵构偏安江南，并不真想迎回徽、钦二帝。

⑭夺门之举：徐有贞、曹吉祥、石亨拥英宗复辟，废景帝，史称“夺门之变”。

⑮烛影斧声：帝位更替疑案。宋太祖赵匡胤召其弟光义于烛光下对饮，次晨暴亡而光义继位。事见宋文莹《续湘山野录》。

⑯东宫之废：景帝立，原太子朱见深废。

⑰德昭：宋太祖次子赵德昭。太宗赵光义从征幽州时有谋立德昭者，太宗不悦，德昭自刎。

⑱碧血：忠义之士所流之血。典见《庄子·外物》：“苌弘死于蜀，藏其血三年而化为碧。”苌弘为周敬王时大夫，为周敬王复国竭忠尽智。

⑲太白：星名。古星象家以为太白星主杀伐，故多以喻兵戎。

⑳“南城”二句：明英宗复辟事。

㉑天柱：即杭州三台山，于谦墓地所在。

㉒鹿蕉：指梦。典见《列子·周穆王传》："郑人有薪于野者，遇骇鹿，御而击之，毙之。恐人见之也，遽而藏诸隍中，覆之以蕉。不胜其喜。俄而遗其所藏之处，遂以为梦焉。"

㉓张溥（1602—1641）：初字乾度，后字天如，号西铭，江苏太仓人。明代文学家，复社领袖。

㉔栝 guā：桧树。

㉕两袖识书生：于谦有诗云："清风两袖朝天去。"

㉖软美：李泌劝张九龄与萧诚绝交的典故。典出《新唐书·李泌传》："九龄与严挺之、萧诚善，挺之恶诚佞，劝九龄谢绝之。九龄忽独念曰：'严太苦劲，然萧软美可喜。'方命左右召萧，泌在旁，帅尔曰：'公起布衣，以直道至宰相，而喜软美者乎？'九龄惊，改容谢之。"

㉗百二山河：指山河险峻之地。百二，指两万人可抵百万。语出《史记·高祖本纪》："秦，形胜之国，带河山之险，县隔千里，持戟百万，秦得百二焉。"

㉘貂蝉：古代高官贵臣冠饰，借指权势。

㉙"分我"句：楚汉战争时项羽以刘邦父为人质要挟刘邦的故事。语出《史记·项羽本纪》："当此时，彭越数反梁地，绝楚粮食，项王患之。为高俎，置太公其上，告汉王曰：'今不急下，吾烹太公。'汉王曰：'吾与项羽俱北面受命怀王，曰"约为兄

弟"，吾翁即若翁，必欲烹而翁，则幸分我一杯羹。'"

㉚庐陵：指唐高宗子李显。李显曾被立为太子，武则天称制后废其为庐陵王，幽于别所，后仍为帝。

㉛桐宫：商王流放之所。商王太甲暴虐无道，伊尹将其放于桐宫，三年后太甲悔悟，伊尹将其迎回。

㉜属镂：古剑名。春秋时，伍子胥被吴王赐以属镂自尽。事见《左传·哀公十一年》。

㉝《定香桥小记》：此文选自张岱《陶庵梦忆》，原名《不系园》。

㉞楚生：朱楚生，当时著名伶人。

㉟曾波臣：曾鲸（1568—1650），字波臣，福建莆田人，明代画家。

㊱彭天锡：明末戏曲艺人，擅演反面角色。

㊲缞 cuī 衣：麻衣丧服。

㊳胡旋舞：古代西北民族舞。

简评

《于坟》一篇作者着墨不多，或许楹联柱铭足以动人。于谦忠魂与西湖共绵延，与三台同千秋。隔着两百年距离，也许作者也在憾叹，晚明未能出现像于谦那样力挽狂澜之士，使明王朝转危为安吧！

风篁岭

风篁岭，多苍筤筿簜[①]，风韵凄清。至此，林壑深沉，迥出尘表。流淙活活，自龙井而下，四时不绝。岭故丛薄荒密，元丰中，僧辨才淬治洁楚[②]，名曰“风篁岭”。苏子瞻访辨才于龙井，送至岭上，左右惊曰：“远公过虎溪矣[③]。”辨才笑曰：“杜子有云：与子成二老，来往亦风流。”遂造亭岭上，名曰“过溪”，亦曰“二老”。子瞻记之，诗云：“日月转双毂，古今同一丘[④]。惟此鹤骨老，凛然不知秋。去住两无碍，人士争挽留。去如龙出水，雷雨卷潭湫。来如珠还浦，鱼鳖争骈头。此生暂寄寓，常恐名实浮。我比陶令愧，师为远公优。送我过虎溪，溪水当逆流。聊使此山人，永记二老游。”

李流芳《风篁岭》诗：

林壑深沉处，全凭筿簜迷。
片云藏屋里，二老到云栖。
学士留龙井，远公过虎溪。
烹来石岩白，翠色映玻璃。

注释

①苍筤 láng：青色，多指竹。筿 xiǎo：小竹。簜 dàng：大竹。

②淬 cuì 治洁楚：整治山林，开通山道。

③远公：慧远（334—416），雁门人，东晋高僧。宋人陈舜俞《庐山记》载其“凡居山三十年，影迹不至尘俗，每送客以虎溪为界”。

④“古今”句：语出《汉书·杨恽传》：“古与今如一丘之貉。”

简评

苏轼一句感念，辨才筑亭以记，苏轼又复题诗。与一般的古道长亭相比，“过溪亭”所蕴之情尤显绸缪郑重。

龙井

南山上下有两龙井。上为老龙井，一泓寒碧，清洌异常，弃之丛薄间[1]，无有过而问之者。其地产茶，遂为两山绝品。再上为天门，可通三竺。南为九溪，路通徐村，水出江干。其西为十八涧，路通月轮山，水出六和塔下。龙井本名延恩衍庆寺。唐乾祐二年[2]，居民募缘改造为报国看经院。宋熙宁中，改寿圣院，东坡书额。绍兴三十一年，改广福院。淳祐六年，改龙井寺。元丰二年，辨才师自天竺归老于此，不复出，与苏子瞻、赵阅道友善。后人建三贤阁祀之，岁久寺圮。万历二十三年，司礼孙公重修，构亭轩，筑桥，锹浴龙池，创霖雨阁，焕然一新，游人骈集。

注释

①丛薄：茂密的草丛。

②乾祐：疑为“乾封”，唐高宗年号（666—668）。

简评

西湖之韵皆在茶盏中。良茶濯魄，能得西湖之丰神。风景宜人，如饮龙井之甘饴。

一片云

神运石在龙井寺中，高六尺许，奇怪突兀，特立檐下。有木香一架，穿绕窍窦[1]，蟠若龙蛇。正统十三年，中贵李德驻龙井。天旱，令力士淘之。初得铁牌二十四、玉佛一座、金银一锭，凿大宋元丰年号。后得此石，以八十人舁起之。上有“神运”二字，旁多款识，漶漫不可读[2]，不知何代所镌，大约皆投龙以祈雨者也。风篁岭上有一片云石，高可丈许，青润玲珑，巧若镂刻。松磴盘屈，草莽间有石洞，堆砌工致巉岩。石后有片云亭，为司礼孙公所构，设石棋枰于前，上镌“兴来临水敲残月，谈罢吟风倚片云”之句。游人倚徙，不忍遽去。

秦观《龙井题名记》：

元丰二年，中秋后一日，余自吴兴来杭，东还会稽。龙井有辨才大师，以书邀余入山。比出郭，日已夕，航湖至普宁，遇道人参寥，问龙井所遣篮舆[3]，则曰：“以不时至，去矣。”是夕，天宇开霁，林间月明，可数毫发。遂弃舟从参寥，策杖并湖而行。出雷峰，度南屏，濯足于惠因涧，入灵石坞，得支径上风篁岭，憩于龙井亭，酌泉据石而饮之。自普宁凡经佛寺十五，皆寂不闻人声。道旁庐舍，灯火隐显，草木深郁，流水激激悲鸣，殆非人间之境。行二鼓，始至寿圣院，谒辨才于朝音堂，明日乃还。

张京元《龙井小记》：

过风篁岭，是为龙井，即苏端明、米海岳与辨才往来处也。寺北向，门内外修竹琅琅。井在殿左，泉出石罅，甃小园池，下复为方池承之。池中各有巨鱼，而水无腥气。池淙淙下泻，绕寺门而出。小座与偕亭，玩一片云石。山僧汲水供茗，泉味色俱清。僧容亦枯寂，视诸山迥异。

王稚登《龙井》诗：

深谷盘回入，灵泉觱沸流[④]。
隔林先作雨，到寺不胜秋。
古殿龙王在，空林鹿女游[⑤]。
一尊斜日下，独为古人留。

袁宏道《龙井》诗：

都说今龙井，幽奇逾昔时。

路迂迷旧处，树古失名儿。
渴仰鸡苏佛⑥，乱参玉版师⑦。
破筒分谷水，茭草出秦碑。
数盘行井上，百计引泉飞。
画壁屯云族，红栏蚀水衣⑧。
路香茶叶长，畦小药苗肥。
宏也学苏子，辨才君是非。

张岱《龙井柱铭》：

夜壑泉归，渥洼能致千岩雨。
晓堂龙出，崖石皆为一片云。

注释

①窍窦：孔穴。

②漶 huàn 漫：模糊不清。

③篮舆：古时一种竹制的坐椅。

④觱 bì 沸：泉水涌出貌。

⑤鹿女：佛经中所说的仙女。事见《杂宝藏经·鹿女夫人缘》："有国名婆罗柰，国中有山，名曰仙山。时有梵志，在彼山住，大小便利恒于石上。后有精气，堕小行处，雌鹿来舐，即便有娠。日月满足，来至仙人所，生一女子，端正殊妙，惟脚似鹿，梵志取之，养育长成……此女足迹，皆生莲华。"

⑥鸡苏佛：茶的别称。鸡苏为一种植物，其叶淡香。

⑦玉版师：笋的别名。典出释惠洪《冷斋夜话·东坡作偈戏慈云长老》："（苏轼）尝要刘器之同参玉版和尚……至廉泉寺烧笋而食，器之觉笋味胜，问：'此笋何名？'东坡曰：'即玉版也。此老师善说法，要能令人得禅悦之味。'于是器之乃悟其戏。"

⑧水衣：苍苔。

简评

清代乾隆皇帝曾四游龙井，题诗三十二首。神运石与一片云皆入其诗。如咏神运石云："诡石狰如伟丈夫，遥年题识半模糊。新诗业已行行泐，曷不由今视昔乎。"题一片云曰："片石玲珑依碧峰，英英常带岫云浓。山庄别室斯津逮，对此依然仰圣踪。"

九溪十八涧

九溪在烟霞岭西，龙井山南。其水屈曲洄环，九折而出，故称九溪。其地径路崎区，草木蔚秀，人烟旷绝，幽阒静悄，别有天地，自非人间。溪下为十八涧，地故深邃，即缁流非遗世绝俗者，不能久居。按志，涧内有李岩寺[①]、宋阳和王梅园、梅花径等迹，今都湮没无存。而地复辽远，僻处江干，老于西湖者，各各胜地，寻讨无遗，问及九溪十八涧，皆茫然不能置对。

李流芳《十八涧》诗：

己酉始至十八涧，与孟旸、无际同到徐村第一桥，饭于桥上。溪流淙然，山势回合，坐久不能去。予有诗云："溪九涧十八，到处流活活。我来三月中，春山雨初歇。奔雷与飞霰，耳目两奇绝。悠然向溪坐，况对山嵯嵲[②]。我欲参云栖，此中解脱法。善哉汪子言，闲心随水灭。"无际亦有和余诗，忘之矣。

注释

①李岩寺：应为“理安寺”，在十八涧古浦泉院后。

②嵯峨 cuónié：高耸险峻的山。

简评

十八涧至为清寂，山水清音，自然幽独。“非遗世绝俗者，不能久居”，十字道出其萧致之韵。

卷五　西湖外景

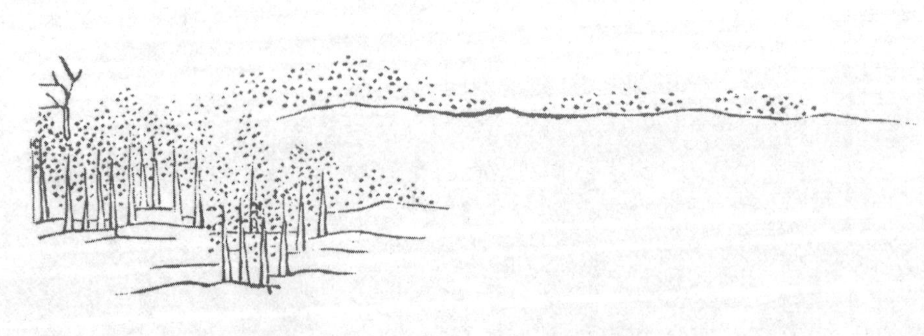

西溪

粟山高六十二丈，周回十八里二百步。山下有石人岭，峭拔凝立，形如人状，双髻耸然。过岭为西溪，居民数百家，聚为村市。相传宋南渡时，高宗初至武林，以其地丰厚，欲都之。后得凤凰山，乃云："西溪且留下。"后人遂以名。地甚幽僻，多古梅，梅格短小，屈曲槎枒，大似黄山松。好事者至其地，买得极小者，列之盆池，以作小景。其地有秋雪庵，一片芦花，明月映之，白如积雪，大是奇景。余谓西湖真江南锦绣之地，入其中者，目厌绮丽，耳厌笙歌，欲寻深溪盘谷，可以避世如桃源、菊水者，当以西溪为最。余友江道闇有精舍在西溪①，招余同隐。余以鹿鹿风尘，未能赴之，至今犹有遗恨。

王稚登《西溪寄彭钦之书》：

留武林十日许，未尝一至湖上，然遂穷西溪之胜。舟车程并十八里，皆行山云竹霭中，衣袂尽绿。桂树大者，两人围之不尽。树下花覆地如黄金，山中人缚帚扫花，售市上，每担仅当脱粟之半耳。往岁行山阴道上，大叹其佳，此行似胜。

李流芳《题西溪画》：

壬子正月晦日，同仲锡、子与自云栖翻白沙岭至西溪。夹路修篁，行两山间，凡十里，至永兴寺。永兴山下夷旷，平畴远村，幽泉老树，点缀各各成致。自永兴至岳庙又十里，梅花绵亘，村落弥望如雪，一似余家西碛山中。是日，饭永兴，登楼啸咏。夜还湖上小筑，同孟旸、印持、子将痛饮。翼日出册子画此。癸丑十月乌镇舟中题。

杨蟠《西溪》诗：

为爱西溪好，长忧溪水穷。
山源春更落，散入野田中。

王思任《西溪》诗：

一岭透天目，千溪叫雨头。
石云开绣壁，山骨洗寒流。
鸟道苔衣滑，人家竹语幽。
此行不作路，半武百年游。

张岱《秋雪庵诗》：

古宕西溪天下闻，辋川诗是记游文[②]。
庵前老荻飞秋雪，林外奇峰耸夏云。
怪石棱层皆露骨，古梅结屈止留筋。
溪山步步堪盘礴，植杖听泉到夕曛。

注释

①江道闇àn：江浩（1604—1649），字道庵，钱塘人，明亡为僧。

②辋川：唐朝诗人王维曾筑别业于辋川，有《辋川集》。

简评

西溪地僻，亦有天趣。作者以风尘劳扰，交臂深溪幽泉之隐为憾，然若心中藏有一个西湖，何须亲驾结庐？

虎跑泉

虎跑寺本名定慧寺，唐元和十四年[①]，性空师所建。宪宗赐号曰广福院。大中八年[②]，改大慈寺，僖宗乾符三年[③]，加“定慧”二字。宋末毁。元大德七年重建[④]。又毁。明正德十四年，宝掌禅师重建。嘉靖十九年又毁。二十四年，山西僧永果再造。今人皆以泉名其寺云。先是，性空师为蒲坂卢氏子，得法于百丈海[⑤]，来游此山，乐其灵气郁盘，栖禅其中。苦于无水，意欲他徙。梦神人语曰：“师毋患水，南岳有童子泉，当遣二虎驱来。”翼日，果见二虎跑地出泉，清香甘冽。大师遂留。明洪武十一年，学士宋濂朝京，道山下。主僧邀濂观泉，寺僧披衣同举梵咒，泉觱沸而出，空中雪舞。濂心异之，为作铭以记。城中好事者取以烹茶，日去千担。寺中有调水符[⑥]，取以为验。

苏轼《虎跑泉》诗：

亭亭石榻东峰上，此老初来百神仰。
虎移泉眼趋行脚，龙作浪花供抚掌。
至今游人灌濯罢，卧听空阶环玦响。
故知此老如此泉，莫作人间去来想。

袁宏道《虎跑泉》诗：

竹林松涧净无尘，僧老当知寺亦贫。
饥鸟共分香积米，枯枝常足道人薪。
碑头字识开山偈，炉里灰寒护法神。
汲取清泉三四盏，芽茶烹得与尝新。

注释

①元和：唐宪宗年号（806—820）。

②大中：唐宣宗年号（847—859）。

③乾符：唐僖宗年号（874—879）。

④大德：元成宗年号（1297—1307）。

⑤百丈海：即怀海，福州长乐人，开法于洪州百丈山，世称“百丈怀海”。

⑥调水符：苏东坡用来辨别书童取水的竹管，并为此题诗，诗前云：“爱玉女洞中水，既致两瓶，恐后复取而为使者见绐，因破竹为契，使寺僧藏其一，以为往来之信，戏谓之调水符。”

简评

西湖山水，藏龙卧虎。虎跑泉有悦耳之音、清洌之味，与龙井茶叶俱为佳品。文中传奇颇有禅趣，跑地出泉之说已难以思议，山泉随咒起舞之事愈奇伟神异。

凤凰山

唐宋以来，州治皆在凤凰山麓。南渡驻䟡，遂为行宫。东坡云："龙飞凤舞入钱塘"，兹盖其右翅也。自吴越以逮南宋，俱于此建都，佳气扶舆[①]，萃于一脉。元时惑于杨髡之说，即故宫建立五寺，筑镇南塔以厌之，而兹山到今落寞。今之州治，即宋之开元故宫，乃凤凰之左翅也。明朝因之，而官司藩臬皆列左方[②]，为东南雄会。岂非王气移易，发泄有时也。故山川坛、八卦田、御教场、万松书院[③]、天真书院，皆在凤凰山之左右焉。

苏轼《题万松岭惠明院壁》：

余去此十七年，复与彭城张圣途、丹阳陈辅之同来[④]。院僧梵英，葺治堂宇，比旧加严洁。茗饮芳烈，问："此新茶耶？"英曰："茶性，新旧交则香味复。"余尝见知琴者，言琴不百年，则桐之生意不尽，缓急清浊，常与雨旸寒暑相应。此理与茶相近，故并记之。

徐渭《八仙台》诗：

南山佳处有仙台，台畔风光绝素埃。
嬴女只教迎凤入[⑤]，桃花莫去引人来。
能令大药飞鸡犬[⑥]，欲傍中央剪草莱。
旧伴自应寻不见，湖中无此最深隈。

袁宏道《天真书院》诗：

百尺颓墙在，三千旧事闻[⑦]。
野花粘壁粉，山鸟煽炉煴[⑧]。
江亦学之字，田犹画卦文。
儿孙空满眼，谁与荐荒芹。

注释

①扶舆：即扶摇，盘旋升腾貌。

②藩臬 niè：藩司和臬司。明清两代布政使和按察使的并称。

③万松书院：位于凤凰山万松岭边，明代哲学家王阳明曾在此讲学。传说梁祝亦曾在书院同窗三载。

④张圣途：张天骥，字圣途，彭城人，隐居云龙山。陈辅之：陈辅，字辅之，丹阳人，工于诗。

⑤“嬴女”句：指传说中的秦穆公女弄玉之事。典出《列仙传》：“萧史者，秦穆公时人也，善吹箫，能致孔雀、白鹤于庭。穆公有女字弄玉，好之，公遂以女妻焉。

日教弄玉作凤鸣。居数年，吹似凤声，凤凰来止其屋。公为作凤台，夫妇止其上，不下数年。一旦，皆随凤凰飞去。”

⑥“能令”句：典出王充《论衡·道虚》：“淮南王学道，招天下有道之人，倾一国之尊，下道术之士。是以道术之士，并会淮南，奇方异术，莫不争出。王遂得道，举家升天，畜生皆仙，犬吠于天上，鸡鸣于云中。”

⑦三千：指孔子三千弟子。

⑧煴 yūn：烟。

简评

凤凰山形若飞凤，王气盘桓。元时筑塔压之，遂至落寞。此中曲折，无论传奇抑或时变，皆堪回味。

宋大内

《宋元拾遗记》：高宗好耽山水，于大内中更造别院，曰小西湖。自逊位后，退居是地，奇花异卉，金碧辉煌，妇寺宫娥充斥其内[①]，享年八十有一。按钱武肃王年亦八十一，而高宗与之同寿，或曰："高宗即武肃后身也。"《南渡史》又云[②]："徽宗在汴时，梦钱王索还其地，是日即生高宗，后果南渡，钱王所辖之地，尽属版图。畴昔之梦，盖不爽矣[③]。"元兴，杨琏真伽坏大内以建五寺，曰报国、曰兴元、曰般若、曰仙林、曰尊胜，皆元时所建。按志，报国寺即垂拱殿，兴元即芙蓉殿，般若即和宁门，仙林即延和殿，尊胜即福宁殿。雕梁画栋，尚有存者。白塔计高二百丈，内藏佛经数十万卷，佛像数千，整饰华靡。取宋南渡诸宗骨殖，杂以牛马之骼，压于塔下，名以镇南。未几，为雷所击，张士诚寻毁之[④]。

谢皋羽《吊宋内》诗[⑤]：

复道垂杨草乱交，武林无树是前朝。
野猿引子移来宿[⑥]，搅尽花间翡翠巢。

隔江风雨动诸陵，无主园林草自春。
闻说光尧皆堕泪[⑦]，女官犹是旧宫人。

紫宫楼阁逼流霞，今日凄凉佛子家。
寒照下山花雾散，万年枝上挂袈裟。

禾黍何人为守阍[⑧]，落花台殿暗销魂。
朝元阁下归来燕，不见当时鹦鹉言[⑨]。

黄晋卿《吊宋内》诗[⑩]：

沧海桑田事渺茫，行逢遗老叹荒凉。
为言故国游麋鹿[⑪]，漫指空山号凤凰。
春尽绿莎迷辇道，雨多苍翠上宫墙。
遥知汴水东流畔，更有平芜与夕阳。

赵孟頫《宋内》诗：

东南都会帝王州，三月莺花非旧游。
故国金人愁别汉，当年玉马去朝周[⑫]。
湖山靡靡今犹在，江水茫茫只自流。
千古兴亡尽如此，春风麦秀使人愁。

刘基《宋大内》诗[⑬]：

泽国繁华地，前朝此建都。

青山弥百粤[14]，白水入三吴。
艮岳销王气[15]，坤灵肇帝图。
两宫千里恨，九子一身孤[16]。
设险凭天堑，偷安负海隅。
云霞行殿起，荆棘寝园芜。
币帛敦和议，弓刀抑武夫。
但闻当宁奏，不见立廷呼[17]。
鬼蜮昭华衮，龟鼋出巨区[18]。
至尊危北阙，多士乐西湖。
鹢首驰文舫[19]，龙鳞舞绣襦。
巨螯擎拥剑[20]，香饭漉雕胡[21]。
蜗角乾坤大，鳌头气势殊。
秦庭迷指鹿[22]，周室叹瞻乌[23]。
白马违京辇，铜驼掷路衢。
含容天地广，养育羽毛俱。
橘柚驰包贡，涂泥赋上腴。
断犀埋越棘，照乘走隋珠[24]。
吊古江山在，怀今岁月逾。
鲸鲵空渤澥[25]，歌咏已唐虞。
鸱革愁何极[26]，羊裘钓不迂[27]。
征鸿暮南去，回首忆莼鲈[28]。

注释

①妇寺：宫中的妃嫔和太监。

②《南渡史》：即《南渡稗史》。

③爽：差失、违背。

④张士诚(1321—1367)：元末泰州人，抗元起义领袖。

⑤谢皋羽：谢翱（1249—1295），字皋羽，号晞发子，长溪人，南宋爱国诗人。

⑥野猿：以“猿”谐音“元”，不满元朝入主之意。

⑦光尧：指宋高宗赵构。

⑧阍 hūn：宫门。

⑨鹦鹉言：典出宋袁褧《枫窗小牍》。传说南宋时有鹦鹉自江北飞来建康，口呼万岁，宋高宗见而泪下。

⑩黄晋卿：黄溍（1277—1357），字文晋，又字晋卿，义乌人，元代文学家。

⑪游麋鹿：比喻繁华之地变为荒凉之所，暗示国家沦亡。语见《史记·淮南衡山列传》：“王坐东宫，召伍被与谋，曰：‘将军上。’被怅然曰：‘上宽赦大王，王复安得此亡国之语乎？臣闻子胥谏吴王，吴王不用，乃曰“臣今见麋鹿游姑苏之台也”。今臣亦见宫中生荆棘，露沾衣也。’”

⑫“当年”句：用“玉马朝周”典，比喻贤臣另事明主。玉马：指贤臣微子启。商君纣昏乱，启数谏不听，乃去殷而朝周。

⑬刘基（1311—1375）：字伯温，浙江青田人，明朝开国元勋。

⑭百粤：泛指江浙闽粤之地。

⑮艮岳：宋徽宗政和七年于汴梁东北做万岁山，因山在国都之艮位，故名艮岳。

⑯“九子”句：语出《国语·晋语》：“同出九人，惟重耳在。”诗中指徽宗诸子均陷金人之手，唯康王赵构逃脱。

⑰立廷呼：指不忘报仇之事。语出《左传·定公十四年》：“夫差使人立于庭，苟出入，必谓己曰：‘夫差！而忘越王之杀而父乎？’则对曰：‘唯。不敢忘！’三年乃报越。”

⑱鼋 yuán：大鳖。巨区：即太湖。

⑲鹢 yì 首：船。古代画鹢鸟于船头，故称。

⑳拥剑：一种两螯大小不一的蟹，因其大螯利如剑，故名。

㉑雕胡：即菰米，浅水生植物，秋季结实，色白而滑，可做饭食。

㉒迷指鹿：即“指鹿为马”，喻南宋朝廷昏暗。

㉓瞻乌：喻乱世无所归依之民。语出《诗经·小雅·正月》：“哀我人斯，于何从禄？瞻乌爰止，于谁之屋？”

㉔隋珠：隋侯之珠。

㉕渤澥：渤海。

㉖鸱革：用伍子胥尸盛革囊浮之于江的典故。见《史记·伍子胥列传》。

㉗羊裘：用严光披羊裘垂钓之典故。

㉘莼鲈：莼菜羹、鲈鱼脍，喻思乡之情。典出《世说新语·识鉴》："张季鹰辟齐王东曹掾，在洛见秋风起，因思吴中菰菜羹、鲈鱼脍，曰：'人生贵得适意尔，何能羁宦数千里以要名爵！'遂命驾便归。"诗中亦谓归隐之思。

简评

文中所附诸诗多发兴亡之慨，或言王朝更迭，或言兴衰无常，用典繁缛。游人大都只略知杭州有宋城，而未知凤凰山东麓南宋皇宫遗址，是为一憾。

梵天寺

梵天寺在山川坛后，宋乾德四年，钱吴越王建，名南塔。治平十年，改梵天寺。元元统中毁[①]，明永乐十五年重建。有石塔二、灵鳗井、金井。先是，四明阿育王寺有灵鳗井。武肃王迎阿育王舍利归梵天寺奉之，凿井南廊，灵鳗忽见，僧赞有记。东坡倅杭时，诗僧寺诠住此。东坡过访，见其壁间诗有："落日寒蝉鸣，独归林下寺。柴扉夜未掩，片月随行履。惟闻犬吠声，又入青萝去。"东坡援笔和之曰："但闻烟外钟，不见烟中寺。幽人行未已，草露湿芒履。惟应山头月，夜夜照来去。"清远幽深，其气味自合。

苏轼《梵天寺题名》：

余十五年前，杖藜芒履，往来南北山。此间鱼鸟皆相识，况诸道人乎！再至惘然，皆晚生相对，但有不怅。子瞻书。

元祐四年十月十七日，与曹晦之、晁子庄、徐得之、王元直、秦少章同来[②]，时主僧皆出，庭户寂然，徙倚久之。东坡书。

注释

①元统：元顺帝年号（1333—1335）。

②曹晦之：曹矩，字晦之，休宁人。徐得之：字思叔，临江人。王元直：王箴，字元直，眉山人。

简评

梵天寺也有过“但闻烟外钟，不见烟中寺”的繁盛香火，却终在硝烟滚滚中沉寂。幸有寺前一对石筑经幢，头顶日月宝珠，叠砌华盖飞云，傲立千年不圮。

胜果寺

胜果寺，唐乾宁间[1]，无着禅师建。其地松径盘纡，涧淙潺潏[2]。罗刹石在其前，凤凰山列其后，江景之胜无过此。出南塔而上，即其地也。宋熙宁间，有寺僧清顺住此。顺约介寡交，无大故不入城市。士夫有以米粟馈者，受不过数斗，盎贮几上，日取二三合啖之，蔬笋之供，恒缺乏也。一日，东坡至胜果，见壁间有小诗云："竹暗不通日，泉声落如雨。春风自有期，桃李乱深坞。"问谁所作，或以清顺对。东坡即与接谈，声名顿起。

僧圆净《胜果寺》诗：

深林容鸟道，古洞隐春萝。
天迥闻潮早，江空得月多。
冰霜丛草木，舟楫玩风波。
岩下幽栖处，时闻白石歌[3]。

僧处默《胜果寺》诗[4]：

路自中峰上，盘回出薜萝。
到江吴地尽，隔岸越山多。

古木丛青蔼，遥天浸白波。

下方城郭近，钟磬杂笙歌。

注释

①乾宁：唐昭宗年号（894—897）。

②濁 zhuó：象声词，雨声或水声。

③白石歌：语出《史记·鲁仲连邹阳列传》裴骃集解引应劭曰：“齐桓公夜出迎客，而宁戚疾击其牛角而商歌曰：‘南石矸，白石烂，生不遭尧与舜禅。短布单衣适至骭，从昏饭牛薄夜半，长夜漫漫何时旦？’公召与语，说之，以为大夫。”

④处默：金华人，唐末诗僧。

简评

清顺诗名在外，胜果寺亦声名鹊起，在南宋成为宫廷内苑供奉之所。寺旁石壁可望月，其景颇佳。明代高濂《四时幽赏录》云：“胜果寺左，山有石壁削立，中穿一窦，圆若镜然。中秋月满，与隙相射，自窦中望之，光如合壁。秋时当与诗朋酒友，赓和清赏，更听万壑江声，满空海色，自得一种世外玩月意味。”

五云山

五云山去城南二十里，冈阜深秀，林峦蔚起，高千丈，周回十五里。沿江自徐村进路，绕山盘曲而上，凡六里，有七十二湾，石磴千级。山中有伏虎亭，梯以石墄[①]，以便往来。至顶半，冈名月轮山，上有天井，大旱不竭。东为大湾，北为马鞍，西为云坞，南为高丽，又东为排山。五峰森列，驾轶云霞，俯视南北两峰，若锥朋立。长江带绕[②]，西湖镜开，江上帆樯，小若鸥凫，出没烟波，真奇观也。宋时，每每腊前，僧必捧雪表进[③]，黎明入城中，霰犹未集，盖其地高寒，见雪独早也。山顶有真际寺，供五福神，贸易者必到神前借本，持其所挂楮镪去[④]，获利则加倍还之。借乞甚多，楮镪恒缺。即尊神放债，亦未免穷愁。为之掀髯一笑。

袁宏道《御教场小记》：

余始慕五云之胜，刻期欲登，将以次登南高峰。及一观御教场，游心顿尽。石篑常以余不登保俶塔为笑。余谓西湖之景，愈下愈胜，高则树薄山瘦，草髡石秃，千顷湖光，缩为杯子。

北高峰、御教场是其样也。虽眼界略阔，然我身长不过六尺，睁眼不见十里，安用许大地方为哉！石篑无以难。

注释

①堿 qì：台阶的梯级。

②长江：文中指钱塘江。

③雪表：即贺雪表，庆贺瑞雪的表文。

④楮镪 chǔqiǎng：祭祀时焚化的纸钱。

简评

张岱登山远眺，山河壮秀，“长江带绕，西湖镜开，江上帆樯，小若鸥凫，出没烟波，真奇观也”；袁宏道观山，则“树薄山瘦，草髡石秃，千顷湖光，缩为杯子”，一反前人窠臼。究竟如何？仁者见仁、智者见智，可谓一种心境、一种风景。

云栖

云栖，宋熙宁间有僧志逢者居此，能伏虎，世称伏虎禅师。天禧中，赐“真济院”额。明弘治间为洪水所圮。隆庆五年，莲池大师名袾宏，字佛慧，仁和沈氏子，为博士弟子，试必高等，性好清净，出入二氏[①]，子殇妇殁。一日阅《慧灯集》，失手碎茶瓯，有省，乃视妻子为鹘臭布衫[②]，于世相一笔尽勾。作歌寄意，弃而专事佛，虽学使者屠公力挽之[③]，不回也。从蜀师剃度受具，游方至伏牛，坐炼呓语，忽现旧习，而所谓一笔勾者，更隐隐现。去经东昌府谢居士家，乃更释然，作偈曰：“二十年前事可疑，三千里外遇何奇。焚香执戟浑如梦，魔佛空争是与非。”当是时，似已惑破心空，然终不自以为悟。归得古云栖寺旧址，结茅默坐，县铛煮糜，日仅一食。胸挂铁牌，题曰：“铁若开花，方与人说。”久之，檀越争为构室[④]，渐成丛林，弟子日进。其说主南山戒律[⑤]，东林净土[⑥]，先行《戒疏发隐》，后行《弥陀疏钞》[⑦]。一时江左诸儒皆来就正。王侍郎宗沐问[⑧]：“夜来老鼠唧唧，说尽一部《华严经》？”师云：“猫儿突出时如何自代？云走却法师，留下讲案。”又书颂云："老鼠唧唧，《华严》历历。奇哉王侍郎，却被畜生惑。猫儿突出画堂前，床头说法无消息。大方广佛《华严经》，世主妙严品第一。"其持论严正，诂解精微。监司守相[9]，下车就语，侃侃略无屈。海内名贤，望而心折。孝定皇太后绘像宫中礼焉[10]，赐蟒袈裟，不敢服，破衲敝帏，终身无改。斋惟蔬菜[11]。有至寺者，高官舆从，一概平等，几无加豆[12]。仁和樊令问[13]："心杂乱，何时得静？"师曰："置之一处，无事不办。"坐中一士人曰："专格一物，是置之一处，办得何事？"师曰："论格物，只当依朱子豁然贯通去[14]，何事不办得？"或问："何不贵前知？"师曰："譬如两人观《琵琶记》[15]，一人不曾见，一人见而预道之，毕竟同看终场，能增减一出否耶？"甬东屠隆于净慈寺迎师观所著《昙花传奇》[16]，虞淳熙以师梵行素严[17]，阻之。师竟偕诸绅衿临场谛观讫，无所忤。寺必设戒，绝钗钏声，而时抚琴弄箫，以乐其脾神。晚著《禅关策进》。其所述，峭似高峰、冷似冰者，庶几似之矣。喜乐天之达，选行其诗。平居笑谈谐谑，洒脱委蛇，有永公清散之风[18]。未尝一味槁木死灰，若宋旭所议担板汉[19]，真不可思议人也。出家五十年，种种具嘱语中。万历乙卯六月晦日，书辞诸友，还山设斋，分表施衬[20]，若将远行者。七月三日，卒仆不语，次日复醒。弟子辈问后事，举嘱语对。四日之午，命移面西向，循首开目，同无疾时，哆哪念佛，趺坐而逝。往吴有神李昙降毗山，谓师是古佛。而杨靖安万春尝见师现佛身[21]，施食吴中。一信士窥空室，四鬼持灯至，忽列三莲座，师坐其一，佛像也。乩仙之灵者云[22]，张果听师说《心赋》于永明李屯部[23]，妇素不信佛，偏受师戒，逾年屈三指化云，身是梵僧阿那吉多。而僧俗将坐脱时，多请说戒、说法。然师自名凡夫，诸事恐呵责，不敢以闻。化前一日，漏语见一大莲华盖，不复能秘其往生之奇云。

袁宏道《云栖小记》：

云栖在五云山下，篮舆行竹树中，七八里始到，奥僻非常，莲池和尚栖止处也。莲池戒律精严，于道虽不大彻，然不为无所见者。至于单提念佛一门，则尤为直捷简要，六个字中[24]，旋天转地，何劳捏目，更趋狂解，然则虽谓莲池一无所悟可也。一无所悟，是真阿弥，请急着眼。

李流芳《云栖春雪图跋》：

余春夏秋常在西湖，但未见寒山而归。甲辰，同二王参云栖[25]。时已二月，大雪盈尺。出赤山步，一路琼枝玉干，披拂照曜。望江南诸山，皑皑云端，尤可爱也。庚戌秋，与白民看雪两堤[26]。余既归，白民独留，迟雪至腊尽。是岁竟无雪，怏怏而返。世间事各有缘，固不可以意求也。癸丑阳月题。

又《题雪山图》：

甲子嘉平月九日大雪，泊舟阊门，作此图。忆往岁在西湖遇雪，雪后两山出云，上下一白，不辨其为云为雪也。余画时目中有雪，而意中有云，观者指为云山图，不知乃画雪山耳。放笔一笑。

张岱《赠莲池大师柱对》：

说法平台，生公一语石一语。
栖真斗室[27]，老僧半间云半间。

注释

①二氏：指佛、道两家。

②鹘 hú 臭：即狐臭。

③学使者：主管一省学政的提学。屠公：屠羲英，字淳卿，宣城人。曾任浙江提学副使。

④檀越：即施主。

⑤南山：佛教南山宗，唐代道宣所创，提倡四分律，

因其居终南山而得名。

⑥东林净土：佛教净土宗，东晋慧远所创，以其住庐山东林寺而得名。

⑦《戒疏发隐》《弥陀疏钞》：此二书均为莲池所著。

⑧王侍郎宗沐：王宗沐（1524—1592），字新甫，号敬所，浙江临海人，晚明刑部左侍郎。

⑨监司守相：按察使。

⑩孝定皇太后：明神宗生母李太后。

⑪蓏 luǒ：草本植物的果实。

⑫加豆：添菜。豆，古代食器。

⑬仁和樊令：樊良枢，字南植，号致虚，曾知仁和县。

⑭朱子：朱熹（1130—1200），字元晦、仲晦，号晦庵，别称紫阳，婺源人，南宋理学家，有“格物致知”说。

⑮《琵琶记》：元末南戏，高明撰。写汉代书生蔡伯喈与赵五娘悲欢离合的故事。

⑯《昙花传奇》：即《昙花记》，明代屠隆撰。写唐代木清泰修行成道的故事。

⑰虞淳熙（1553—1621）：字长孺，号德园，浙江钱塘人。

⑱永公：慧永（332—414），东晋僧人，居于庐山西林寺。

⑲宋旭：号石门、石门山人，浙江嘉兴人，后为僧，法名祖玄，晚明画家。

⑳施衬：施舍财物给众僧。

㉑杨靖安万春：杨万春，字汝和，明代钱塘人，曾知上杭县。

㉒乩 jī：占卜问疑。

㉓李屯部：指虞淳熙岳父李阳春，余杭人，曾任屯田郎中。

㉔六个字："南无阿弥陀佛"六字。

㉕二王：王淑士、王平仲兄弟。

㉖白民：朱鹭（1553—1632），字白民，吴江人，于苏州莲花峰修佛。

㉗栖真：坐禅，以存养真性，返其本元。

简评

"云栖"之名甚韵。《西湖新志》卷二载："莲池《寺记》云栖坞，五云山有五色云，已而飞集山西坞中，经久不散，因以名坞。"其景亦可玩味。雍正年间，《西湖志》卷四云："行久渐闻钟磬声，则云栖寺在焉。每至中宵，梵呗之声不绝，朝鱼暮鼓，与天籁相应答，游人至此，豁然心开，万虑顿释。"本篇为莲池大师作传，出自虞淳熙《云栖莲池祖师传》。

六和塔

月轮峰在龙山之南。月轮者，省其形也。宋张君房为钱塘令，宿月轮山，夜见桂子下塔雾，旋穗散坠，如牵牛子。峰旁有六和塔，宋开宝三年[①]，智觉禅师筑之以镇江潮。塔九级，高五十馀丈，撑空突兀，跨陆府川。海船方泛者，以塔灯为之向导。宣和中，毁于方腊之乱[②]。绍兴二十三年，僧智昙改造七级。明嘉靖十二年毁。中有汤思退等汇写《佛说四十二章》[③]、李伯时石刻观音大士像[④]。塔下为渡鱼山，隔岸剡中诸山[⑤]，历历可数也。

李流芳《题六和塔晓骑图》：

燕子矶上台，龙潭驿口路。
昔时并马行，梦中亦同趣。
后来五云山，遥对西兴渡。
绝壁瞰江立，恍与此境遇。
人生能几何，江山幸如故。
重来复相携，此乐不可喻。
置身画图中，那复言归去。
行当寻云栖，云栖渺何处。

此予甲辰与王淑士平仲参云栖舟中为题画诗，今日展予所画《六和晓骑图》，此境恍然，重为题此。壬子十月六日，定香桥舟中。

吴琚《六和塔应制》词[6]：

玉虹遥挂，望青山、隐隐如一抹。忽觉天风吹海立，好似春雷初发。白马凌空[7]，琼鳌驾水，日夜朝天阙。飞龙舞凤，郁葱环拱吴越。　此景天下应无，东南形胜，伟观真奇绝。好似吴儿飞彩帜[8]、蹴起一江秋雪。黄屋天临[9]，水犀云拥[10]，看击中流楫。晚来波静，海门飞上明月。(右调《酹江月》)

杨维桢《观潮》诗：

八月十八睡龙死，海龟夜食罗刹水。
须臾海辟龛赭门，地卷银龙薄于纸。
艮山移来天子宫，宫前一箭随西风[11]。
劫灰欲洗蛇鬼穴，婆留折铁犹争雄。
望海楼头夸景好，断鳌已走金银岛。
天吴一夜海水移[12]，马蹀沙田食沙草。
厓山楼船归不归[13]，七岁呱呱啼轵道[14]。

徐渭《映江楼看潮》诗：

鱼鳞金甲屯牙帐，翻身却指潮头上。
秋风吹雪下江门，万里琼花卷层浪。
传道吴王渡越时，三千强弩射潮低。
今朝筵上看传令，暂放胥涛掣水犀。

注释

①开宝：宋太祖年号（968—976）。

②方腊之乱：北宋末年的一次民变。宋徽宗时，歙州农民方腊（方十三）以赋役繁重为名率众起义，后失败被俘。

③汤思退（1117—1164）：字进之，号湘水，处州青田人，南宋宰相。

④李伯时：李公麟（1049—1106），字伯时，号龙眠居士，舒州人。北宋著名画家。

⑤剡 shàn：水名，在浙江。

⑥吴琚：字居父，号云壑，宋代开封人，书法家。

⑦白马：喻海潮。

⑧吴儿飞彩帜：《武林旧事》卷三“观潮”载：“吴儿善泅者数百，皆披发文身，手持十幅大彩旗，争先鼓勇，溯迎而上，出没于鲸波万仞中，腾身百变，而旗尾略不沾湿，以此夸能。”

⑨黄屋：帝王车盖。

⑩水犀：指水军。

⑪“官前”句：事见《宣和遗事·利集》：“俄空中雁声嘹呖，自北而南。时护卫者数人，皆为阿计替挥去。壁中有弓一张，阿计替曰：‘官人能弓矢乎？射雁以卜，此乃番胡事也。’乃手持弓谓帝曰：‘我代官人卜之可乎？’帝曰：‘然。’乃执箭仰天祝曰：‘臣不幸，上辱祖宗，下祸万民。若国祚复兴，当使一箭中雁。’以其箭付阿计替，一箭中雁，宛转而下。二帝拱手稽颡曰：‘诚如此卜，死且无憾！’”

⑫天吴：传说中的水神。

⑬厓山楼船：南宋厓门海战事。祥兴二年（1279），宋兵在厓山外海上，楼船遭张弘范所率元兵追击，左相陆秀夫负幼主赵昺跳海殉国。

⑭“七岁”句：德祐二年（1276）小皇帝宋恭帝向元朝投降。轵 zhǐ 道：在长安东，子婴于此降刘邦，秦亡。典出《史记·秦始皇本纪》。

简评

文后所附末两首诗均为白昼观潮所见，更有别出机杼者夜观海潮。高濂《四时幽赏录》载：“夜午月色横空，江波静寂，悠悠逝水，吞吐蟾光，自是一段奇景。顷焉，风色陡塞，海门潮起，月影银涛，光摇喷雪，云移玉岸，浪卷轰雷，白练风扬，奔飞曲折，势若山岳声腾，使人毛骨欲竖。”

镇海楼

镇海楼旧名朝天门，吴越王钱氏建。规石为门，上架危楼。楼基垒石，高四丈四尺，东西五十六步，南北半之。左右石级登楼，楼连基高十有一丈。元至正中，改拱北楼。明洪武八年，更来远楼，后以字画不祥，乃更名镇海。火于成化十年，再造于嘉靖三十五年，是年九月又火。总制胡宗宪重建。楼成，进幕士徐渭曰："是当记，子为我草。"草就以进，公赏之，曰："闻子久侨矣。趋召掌计，廪银之两百二十，为秀才庐。"渭谢侈不敢。公曰："我愧晋公子，于是文乃遂能愧湜，倘用福先寺事数字以责我酬，我其薄矣，何侈为！"[①]渭感公语，乃拜赐持归。尽橐中卖文物如公数，买城东南地十亩，有屋二十有二间，小池二，以鱼以荷；木之类，果木材三种，凡数十株；长篱亘亩，护以枸杞，外有竹数十个，笋进云。客至，网鱼烧笋，佐以落果，醉而咏歌。始屋陈而无次，稍序新之，遂颜其堂曰"酬字"。

徐渭《镇海楼记》：

镇海楼相传为吴越钱氏所建，用以朝望汴京，表臣服之意。其基址、楼台、门户、栏楯[2]，极高广壮丽，具载别志中。楼在钱氏时，名朝天门。元至正中，更名拱北楼。皇明洪武八年，更名来远。时有术者，病其名之书画不祥，后果验，乃更今名。火于成化十年，再建。嘉靖三十五年九月又火。予奉命总督直浙闽军务，开府于杭，而方移师治寇，驻嘉兴。比归，始与某官某等谋复之。人有以不急病者。予曰："镇海楼建当府城之中，跨通衢，截吴山麓，其四面有名山大海、江湖潮汐之胜，一望苍茫，可数百里。民庐舍百万户其间，村市官私之景，不可亿计，而可以指顾得者，惟此楼为杰特之观。至于岛屿浩渺，亦宛在吾掌股间。高翥长骞，有俯压百蛮气。而东夷之以贡献过此者，亦往往瞻拜低回而始去。故四方来者，无不趋仰以为观游的。如此者累数百年，而一旦废之，使民若失所归，非所以昭太平、悦远迩。非特如此已也，其所贮钟鼓刻漏之具，四时气候之榜，令民知昏晓，时作息，寒暑启闭，桑麻种植渔佃，诸如此类，是居者之指南也。而一旦废之，使民懵然迷所往，非所以示节序，全利用。且人传钱氏以臣服宋而建，此事昭著已久。至方国珍时[3]，求缓死于我高皇，犹知借锣事以请。诚使今海上群丑而亦得知钱氏事，其祈款如珍之初词，则有补于臣道不细，顾可使其迹湮没而不章耶？予职清海徼[4]，视今日务，莫有急于此者。公等第营之，毋浚征于民，而务先以己。”于是予与某官某等，捐于公者计银凡若干，募于民者若干。遂集工材，始事于某年月日。计所构，甃石为门，上架楼，楼基垒石，高若干丈尺。东西若干步，南北半之。左右级曲而达于楼，楼之高又若干丈。凡七楹，础百。巨钟一，鼓大小九，时序榜各有差，贮其中，悉如成化时制。盖历几年月而成。始楼未成时，剧寇满海上，予移师往讨，日不暇至。于今五年，寇剧者禽、来者遁、居者慑，不敢来，海始晏然，而楼适成，故从其旧名“镇海”。

张岱《镇海楼》诗：

钱氏称臣历数传，危楼突兀署朝天。
越山吴地方隅尽，大海长江指顾连。
使到百蛮皆礼拜，潮来九折自盘旋。
成嘉到此经三火，皆值王师靖海年。

都护当年筑废楼，文长作记此中游。
适逢困鳄来投辖，正值饥鹰自下鞲[5]。
严武题诗属杜甫[6]，曹瞒拆字忌杨修[7]。

而今纵有青藤笔，更讨何人数字酬！

注释

①“公曰”五句：事见唐代高彦休《阙史》。皇甫湜为晋国公裴度作福先寺碑文，裴度厚谢之。

②楯 shǔn：栏干上的横木。

③方国珍（1319—1374）：台州黄岩人，曾反元起事，后归降朱元璋。

④海徼 jiào：近海地区。

⑤“正值”句：喻海寇归顺明朝。

⑥严武（726—765）：字季鹰，华州华阴人。与杜甫交好唱酬。

⑦杨修（175—219）：字德祖，华阴人，曾为曹操主簿，因能揣知曹操心意而遭忌杀。

简评

胡宗宪以三字一两银子酬字，爱才之甚可以想见。徐渭感公赏识，建“酬字堂”谢之。皆是古人胸次，今人弗及。

伍公祠

吴王既赐子胥死[①]，乃取其尸，盛以鸱夷之革，浮之江中。子胥因流扬波，依潮来往，荡激堤岸，势不可御。或有见其银铠雪狮，素车白马，立在潮头者，遂为之立庙。每岁仲秋既望，潮水极大，杭人以旗鼓迎之。弄潮之戏，盖始于此。宋大中祥符间[②]，赐额曰“忠靖”，封英烈王。嘉、熙间，海潮大溢。京兆赵与权祷于神，水患顿息，乃奏建英卫阁于庙中。元末毁，明初重建。有唐卢元辅《胥山铭序》、宋王安石《庙碑铭》[③]。

高启《伍公祠》诗：

地大天荒霸业空，曾于青史叹遗功。
鞭尸楚墓生前孝，抉眼吴门死后忠。
魂压怒涛翻白浪，剑埋冤血起腥风。
我来无限伤心事，尽在吴山烟雨中。

徐渭《伍公庙》诗：

吴山东畔伍公祠，野史评多无定词。
举族何辜同刈草[④]，后人却苦论鞭尸。

退耕始觉投吴早[⑤]，雪恨终嫌入郢迟。
事到此公真不幸，镯镂依旧遇夫差。

张岱《伍相国祠》诗：

突兀吴山云雾迷，潮来潮去大江西。
两山吞吐成婚嫁，万马奔腾应鼓鼙。
清浊溷淆天覆地，玄黄错杂血连泥。
旌幢幡盖威灵远，檄到娥江取候齐。

从来潮汐有神威，鬼气阴森白日微。
隔岸越山遗恨在，到江吴地故都非。
钱塘一臂鞭雷走，龛赭双颐噀雪飞。
灯火满江风雨急，素车白马相君归。

注释

①子胥：伍子胥，名员，字子胥，春秋楚国人。因父、兄为楚平王杀害，伍子胥逃到吴国，成为吴王重臣。公元前 506 年，伍子胥带兵攻入楚都，掘楚平王墓，鞭尸三百，报父兄之仇。后继事夫差，为馋臣所间，赐死。子胥死前言："必树吾墓上以梓，令可以为器；而抉吾眼县吴东门之上，以观越寇之入灭吴也。"吴王闻之大怒，乃取子胥尸盛以鸱夷革，浮之江中。

②大中祥符：宋真宗年号（1008—1016）。

③卢元辅（774—829）：字子望，滑州人，曾为临安府尹，尽心民事。王安石（1021—1086）：字介甫，号半山，北宋抚州临川人，官至宰相，推行变法。

④刈 yì：割（草或谷类）。

⑤“退耕”句：伍子胥奔吴后，与公子光政见不合，密令专诸行刺公子光，自己却“退而耕于野，以待专诸之事”。见《史记·吴太伯世家》。

简评

《论衡·书虚篇·海涛论》曰：“夫言吴王杀子胥投之于江实也。言其恨恚驱水为涛者虚也。”此言未免较真。以情度之，子胥以鞭尸报仇雪恨，忧愁之际曾一夜白发，死后犹有抉眼之恨，则其化为怒潮，乃至分体三江均在情理之中。伍公祠今名“伍公庙”，为杭州最为古老的真人神庙。

城隍庙

吴山城隍庙，宋以前在皇山[①]，旧名永固，绍兴九年徙建于此。宋初，封其神，姓孙名本。永乐时，封其神，为周新。新，南海人，初名日新。文帝常呼“新”[②]，遂为名。以举人为大理寺评事，有疑狱，辄一语决白之。永乐初，拜监察御史，弹劾敢言，人目为“冷面寒铁”。长安中以其名止儿啼。转云南按察使，改浙江。至界，见群蚋飞马首[③]，尾之蓁中，得一暴尸，身馀一钥、一小铁识。新曰：“布贾也。”收取之。既至，使人入市市中布，一一验其端，与识同者皆留之。鞠得盗，召尸家人与布，而置盗法，家人大惊。新坐堂，有旋风吹叶至，异之。左右曰：“此木城中所无，一寺去城差远，独有之。”新曰：“其寺僧杀人乎？而冤也。”往树下，发得一妇人尸。他日，有商人自远方夜归，将抵舍，潜置金丛祠石罅中，旦取无有。商白新。新曰：“有同行者乎？”曰：“无有。”“语人乎？”曰：“不也，仅语小人妻。”新立命械其妻，考之，得其盗，则其私也。则客暴至，私者在伏匿听取之者也。凡新为政，多类此。新行部，微服视属县，县官触之，收系狱，遂尽知其县中疾苦。明日，县人闻按察使来，共迓不得[④]。新出狱曰："我是。"县官大惊。当是时，周廉使名闻天下。锦衣卫指挥纪纲者最用事，使千户探事浙中，千户作威福，受贿[⑤]。会新入京，遇诸涿，即捕千户系涿狱。千户逸出，诉纲，纲更诬奏新。上怒，逮之，即至，抗严陛前曰："按察使擒治奸恶，与在内都察院，同陛下所命也，臣奉诏书死，死不憾矣。"上愈怒，命戮之。临刑大呼曰："生作直臣，死作直鬼！"是夕，太史奏文星坠，上不怿，问左右周新何许人。对曰："南海。"上曰："岭外乃有此人。"一日，上见绯而立者，叱之，问为谁。对曰："臣新也。上帝谓臣刚直，使臣城隍浙江，为陛下治奸贪吏。"言已不见。遂封新为浙江都城隍，立庙吴山。

张岱《吴山城隍庙》诗：

宣室殷勤问贾生[⑥]，鬼神情状不能名。
见形白日天颜动，浴血黄泉御座惊。
革伴鸱夷犹有气，身殉豺虎岂无灵。
只愁地下龙逢笑[⑦]，笑尔奇冤遇圣明。

尚方特地出枫宸[⑧]，反向西郊斩直臣。
思以鬼言回圣主，还将尸谏退佥人[⑨]。
血诚无籍丹为色，寒铁应教金铸身。
坐对江潮多冷面，至今冤气未曾伸。

又《城隍庙柱铭》：

厉鬼张巡[10]，敢以血身污白日。

阎罗包老[11]，原将铁面比黄河。

注释

①皇山：即凤篁岭。

②文帝：指明成祖朱棣（1360—1424）。

③蜹 ruì：小蚊，吸人畜的血液。

④迓 yà：迎接。

⑤赇 qiú：行贿。

⑥"宣室"句：汉文帝曾在未央宫前接见贾谊，询问鬼神之事。典见《汉书·贾谊传》。

⑦龙逄：关龙逄，夏末贤臣，因直谏被桀所杀。

⑧枫宸：帝王的宫殿。

⑨佥 qiān 人：小人。

⑩厉鬼张巡：张巡（709—757），唐朝邓州南阳人。《旧唐书·忠义传下·张巡》言其城将陷，向西拜曰："臣智勇俱竭，不能戌遏强寇，保守孤城。臣虽为鬼，誓与贼为厉，以答明恩。"

⑪阎罗包老：包拯（999—1062），字希仁，宋庐州合肥人，为官清明廉洁，京师有"关节不到，有阎罗包老"之语。

简评

周新化为城隍，意欲“治奸贪吏”。天长日久，国泰民安，城隍爷无贪可治，于是关心起家庭琐事。杭州城隍庙的对联也一度变成了“夫妇本是前缘，善缘、恶缘，无缘不合。儿女原是宿债，欠债、还债，有债方来。”

火德庙

火德祠在城隍庙右，内为道士精庐。北眺西泠，湖中胜概，尽作盆池小景。南北两峰如研山在案，明圣二湖如水盂在几。窗棂门槔凡见湖者，皆为一幅画图。小则斗方，长则单条，阔则横披，纵则手卷，移步换影。若遇韵人[①]，自当解衣盘礴。画家所谓水墨丹青，淡描浓抹，无所不有。昔人言“一粒粟中藏世界，半升铛里煮山川”，[②]盖谓此也。火居道士能为阳羡书生，则六桥三竺，皆是其鹅笼中物矣[③]。

张岱《火德祠》诗：

中郎评看湖，登高不如下。
千顷一湖光，缩为杯子大。
余爱眼界宽，大地收隙罅。
瓮牖与窗棂，到眼皆图画。
渐入亦渐佳，长康食甘蔗[④]。
数笔倪云林[⑤]，居然胜荆夏[⑥]。
刻画非不工，淡远长声价。
余爱道士庐，宁受中郎骂。

注释

①韵人：雅人。

②"昔人言"句：为吕洞宾诗。

③"火居道士"三句：典见吴均《续齐谐记·阳羡书生》："阳羡许彦，于绥安山行，遇一书生，年十七八，卧路侧，云脚痛，求寄鹅笼中。彦以为戏言。书生便入笼，笼亦不更广，书生亦不更小，宛然与双鹅并坐，鹅亦不惊。彦负笼而去，都不觉重。"火居道士：指有妻室的道士。阳羡：今江苏宜兴。

④"渐入"两句：典出《晋书·文苑·顾恺之》："恺之每食甘蔗，恒自尾至本，人或怪之。云：'渐入佳境。'"长康，即顾恺之，字长康，无锡人，东晋画家。

⑤倪云林：倪瓒（1301—1374），字泰宇，后字元镇，号云林子，无锡人，元代画家。

⑥荆夏：五代画家荆浩与南宋画家夏圭。

简评

此篇以画家之眼概览西湖诸景。眼前景物，逸笔草草，皆可入画。盆池小景，水墨丹青，臻为诗画合璧之妙。

芙蓉石

芙蓉石今为新安吴氏书屋。山多怪石危峦，缀以松柏，大皆合抱。阶前一石，状若芙蓉，为风雨所坠，半入泥沙。较之寓林奔云，尤为茁壮。但恨主人深爱此石，置之怀抱，半步不离，楼榭逼之，反多厄塞[①]。若得础柱相让，脱离丈许，松石闲意，以淡远取之，则妙不可言矣。吴氏世居上山，主人年十八，身无寸缕，人轻之，呼为吴正官。一日早起，拾得银簪一枝，重二铢，即买牛血煮之以食。破落户自此经营五十馀年，由徽抵燕，为吴氏之典铺八十有三。东坡曰："一簪之资，可以致富。"观之吴氏，信有然矣。盖此地为某氏花园，先大夫以三百金折其华屋[②]，徙造寄园，而吴氏以厚值售其弃地，在当时以为得计。而今至吴园，见此怪石奇峰，古松茂柏，在怀之璧，得而复失，真一回相见，一回懊悔也。

张岱《芙蓉石》诗：

吴山为石窟，是石必玲珑。
此石但浑朴，不复起奇峰。
花瓣几层摺，堕地一芙蓉。

痴然在草际，上覆以长松。
濯磨如结铁，苍翠有苔封。
主人过珍惜，周护以墙墉。
恨无舒展地，支鹤闭韬笼[3]。
仅堪留几席，聊为怪石供。

注释

①厄 ài 塞：狭小梗塞。厄，通“隘”。

②先大夫：指作者先父。

③“支鹤”句：支，指支遁（314—366），字道林，陈留人，东晋僧人，平生好鹤，且放鹤令其自由。

简评

世事抟沙转烛，宝石得而复失。然石在西湖，犹楚人之弓，不得不失，又何憾之有！

云居庵

云居庵在吴山居鄙，宋元祐间，为佛印禅师所建圣水寺。元元贞间[①]，为中峰禅师所建。中峰又号幻住，祝发时[②]，有故宋宫人杨妙锡者，以香盒贮发，而舍利丛生，遂建塔寺中，元末毁。明洪武二十四年，并圣水于云居，赐额曰"云居圣水禅寺"。岁久殿圮，成化间僧文绅修复之。寺中有中峰自写小像，上有赞云："幻人无此相，此相非幻人。若唤做中峰，镜面添埃尘。"向言六桥有千树桃柳，其红绿为春事浅深，云居有千树枫桕[③]，其红黄为秋事浅深，今且以薪以槱[④]，不可复问矣。曾见李长蘅题画曰："武林城中招提之胜，当以云居为最。山门前后皆长松，参天蔽日，相传以为中峰手植，岁久浸淫，为寺僧剪伐，什不存一，见之辄有老成凋谢之感。去年五月，自小筑至清波，访友寺中，落日坐长廊，沽酒小饮已，裴回城上，望凤皇、南屏诸山，沿月踏影而归。翌日，遂为孟旸画此，殊可思也。"

李流芳《云居山红叶记》：

余中秋看月于湖上者三，皆不及待红叶而

归。前日舟过塘栖，见数树丹黄可爱，跃然思灵隐、莲峰之约，今日始得一践。及至湖上，霜气未遍，云居山头，千树枫柏尚未有酣意，岂余与红叶缘尚悭与？因忆往岁忍公有代红叶招余诗，余亦率尔有答，聊记于此："二十日西湖，领略犹未了。一朝别尔归，此游殊草草。当我欲别时，千山秋已老。更得少日留，霜酣变林杪。子常为我言，灵隐枫叶好。千红与万紫，乱插向晴昊。烂然列锦绣，森然建旂旐[⑤]。一生未得见，何异说食饱。"

高启《宿幻住栖霞台》诗：

窗白鸟声晓，残钟渡溪水。
此生幽梦回，独在空山里。
松岩留佛灯，叶地响僧履。
予心方湛寂，闲卧白云起。

夏原吉《云居庵》诗[⑥]：

谁辟云居境，峨峨瞰古城。
两湖晴送碧，三竺晓分青。
经锁千函妙，钟鸣万户惊。
此中真可乐，何必访蓬瀛。

徐渭《云居庵松下眺城南》诗：

夕照不曾残，城头月正团。
霞光翻鸟堕，江色上松寒。
市客屠俱集，高空醉屡看。
何妨高渐离⑦，抱却筑来弹。
（城下有瞽目者善弹词。）

注释

①元贞：元成宗年号（1295—1296）。

②祝发：削发出家。

③桕 jiù：乌桕树，种子可榨油。

④槱 yǒu：聚积木柴以备燃烧。

⑤旂旐：qízhào：旌旗。

⑥夏原吉（1367—1430）：字维喆，湘阴人，明初重臣。

⑦高渐离：战国时燕人，荆轲好友。擅长击筑。

简评

“云居庵”其名逸，其禅师雅，其地亦韵：有红枫，有长松，有浮云过眼，文人访友。得非李流芳一人无缘于红叶欤？美景不堪留，俯仰之间即为陈迹。今日云居庵只存旧址与满山幽篁。

施公庙

施公庙在石乌龟巷，其神为施全，宋殿前小校也。绍兴二十年二月朔，秦桧入朝，乘肩舆过望仙桥，全挟长刃遮道刺之，透革不中，桧斩之于市，观者如堵墙，中有一人大言曰："此不了汉，不斩何为①！"此语甚快。秦桧奸恶，天下万世，人皆欲杀之，施全刺之，亦天下万世中一人也。其心其事，原不为岳鄂王起见，今传奇以全为鄂王部将②，而岳坟以全入之翊忠祠，则施全此举，反不公不大矣。后人祀公于此，而不配享岳坟，深得施公之心矣。

张岱《施公庙》诗：

施殿司，不了汉，刺虎不伤蛇不断。
受其反噬齿利剑，杀人媚人报可汗。
厉鬼街头白昼现，老奸至此揜其面。
邀呼簇拥遮车幔，弃尸漂泊钱塘岸。
怒卷胥涛走雷电，雪巘移来天地变。

注释

①"此不"二句：秦桧曾对主战派说："诸公皆分大

名以去，某但欲了天下事耳。”文中观者言“不了汉”含有双关意，表面上固然指施全刺秦桧不成反遭其害，故“郡人且哀且愤，诟曰此不了事汉也”（《西湖游览志》卷十二），深层次却是直斥秦桧，骂他这个“不了事汉”不死何为。

②传奇：指明代传奇《东窗记》，讲述岳飞的故事。

简评

和《东窗计》一样，《说岳全传》也将施全塑造为岳飞结义兄弟，而作者在本篇却还原史实，表彰施全。此类传奇小说，追求的不是所为之“大”，而是故事的可读性与连贯性，故而将施全的大义掩盖在岳飞的光芒之下。

三茅观

三茅观在吴山西南。三茅者,兄弟三人,长曰盈,次曰固,季曰衷,秦初咸阳人也。得道成仙,自汉以来,即崇祀之。第观中三像,一立、一坐、一卧,不知何说。以意度之,或以行立坐卧,皆是修炼功夫,教人不可蹉过耳。宋绍兴二十年,因东京旧名,赐额曰“宁寿观”。元至元间毁,明洪武初重建。成化十年建昊天阁。嘉靖三十五年,总制胡宗宪以平岛夷功[①],奏建真武殿。万历二十一年,司礼孙隆重修,并建钟翠亭、三义阁。相传观中有褚遂良小楷《阴符经》墨迹[②]。景定庚申,宋理宗以贾似道有江汉功[③],赐金帛巨万,不受,诏就本观取《阴符经》,以酬其功。此事殊韵,第不应于贾似道当之耳。余尝谓曹操、贾似道千古奸雄,乃诗文中之有曹孟德,书画中之有贾秋壑,觉其罪业滔天,减却一半。方晓诗文书画,乃能忏悔恶人如此。凡人一窍尚通,可不加意诗文,留心书画哉?

徐渭《三茅观观潮》诗:

黄幡绣字金铃重,仙人夜语骑青凤。

宝树攒攒摇绿波，海门数点潮头动。
海神罢舞回腰窄，天地有身存不得。
谁将练带括秋空？谁将古概量春雪？
黑鳌戴地几万年，昼夜一身神血干。
升沉不守瞬息事，人间白浪今如此。
白日高高惨不光，冷虹随身萦城隍。
城中那得知城外，却疑寒色来何方。
鹿苑草长文殊死，狮子随人吼祇树。
吴山石头坐秋风，带着高冠拂云雾。

又《三茅观眺雪》诗：

高会集黄冠，琳宫夜坐阑[4]。
梅芳成蕊易，雪谢作花难。
檐月沉杯暖，江峰入坐寒。
暮鸦惊炬火，飞去破烟岚。

注释

①岛夷：倭寇。

②褚遂良（596—658）：字登善，钱塘人，初唐书法家。《阴符经》：道家典籍。

③贾似道有江汉功：宋理宗年间，蒙古南侵，贾似道督师江汉，向蒙古人乞和并答应岁奉纳币，却对朝廷邀功道："诸路大捷，鄂围始解，江汉肃清，

宗社危而复安，实万世无疆之休！”宋理宗对前线实况一无所知，以为贾似道立下大功。事见《宋史纪事本末》。

④琳宫：道观的美称。

简评

吟咏之道不足以概性情之德，其例何止贾似道、曹操。奸相蔡京书法造诣极高，严嵩《钤山堂集》冲邃闲远，奸臣杨素有“落花入户飞，细草当阶积。桂酒徒盈樽，故人不在席”这样恬淡之句，阮大铖能作“夜久禽声翻月树，露凉虫响抱秋花”此类新警之语。

紫阳庵

紫阳庵在端石山。其山秀石玲珑，岩窦窈窕。宋嘉定间，邑人胡杰居此。元至元间，道士徐洞阳得之，改为紫阳庵。其徒丁野鹤修炼于此。一日，召其妻王守素入山，付偈云："懒散六十年，妙用无人识。顺逆俱两忘，虚空镇长寂。"遂抱膝而逝。守素乃奉尸而漆之，端坐如生。妻亦束发为女冠，不下山者二十年。今野鹤真身在殿庭之右。亭中名贤留题甚众。其庵久废，明正统甲子，道士范应虚重建，聂大年为记[①]。万历三十一年，布政史继辰、范涞构空翠亭[②]，撰《紫阳仙迹记》，绘其图景，并名公诗，并勒石亭中。

李流芳《题紫阳庵画》：

南山自南高峰逦迤而至城中之吴山，石皆奇秀一色，如龙井、烟霞、南屏、万松、慈云、胜果、紫阳，一岩一壁，皆可累日盘桓。而紫阳精巧，俯仰位置，一一如人意中，尤奇也。余己亥岁与淑士同游，后数至湖上，以畏入城市，多放浪两山间，独与紫阳隔阔。辛亥偕方回访友云居，乃复一至，盖不见十馀年，所往来于胸中者，竟失之矣。山水绝胜处，每恍惚不自持，强欲捉之，纵之旋去。此味不可与不知痛痒者道也。余画紫阳时，又失紫阳矣。岂独紫阳哉，凡山水皆不可画，然不可不画也，存其恍惚而已矣。书之以发孟旸一笑。

袁宏道《紫阳宫小记》：

余最怕入城。吴山在城内，以是不得遍观，仅匆匆一过紫阳宫耳。紫阳宫石，玲珑窈窕，变态横出，湖石不足方比，梅花道人一幅活水墨也。奈何辱之郡郭之内，使山林懒僻之人亲近不得，可叹哉。

王稚登《紫阳庵丁真人祠》诗：

丹壑断人行，琪花洞里生[3]。
乱崖兼地破，群象逐峰成。
一石一云气，无松无水声。
丁生化鹤处[4]，蜕骨不胜情。

董其昌《题紫阳庵》诗：

初邻尘市点灵峰，径转幽深绀殿重。
古洞经春犹闷雪，危厓百尺有欹松。

清猿静叫空坛月，归鹤愁闻故国钟。
石髓年来成汗漫，登临须愧羽人踪。

注释

①聂大年（1402—1455）：字寿卿，号东轩，江西临川人，明代文学家。曾任仁和县教谕，后征入翰林。

②史继辰：字应之，号念桥，江苏溧阳人，曾任浙江布政使。范涞：字原易，号晞阳，屯溪人，曾任浙江布政使。

③琪花：仙境中的玉树之花。

④丁生化鹤：丁生即丁令威，传说其学道后化鹤归乡。典见陶渊明《搜神后记》。

简评

吴山东南，清平山北有瑞石山，山上多奇岩、怪石、穴窦。宋人胡杰始于山上结庐，元际徐洞阳道长将之改建为紫阳庵。徐道长之高徒丁野鹤居此修炼，临终似是顿悟，羽化升仙，并点化其妻。有诗云：“丁生化鹤处，蜕骨不胜情。”近世以来，紫阳庵闻名遐迩，该山因而更名为“紫阳山”。张岱以紫阳庵收尾，何尝不是历经国破家亡之沧桑，看尽繁华荣辱之炎凉后的顿悟。

图书在版编目（CIP）数据

西湖梦寻评注 /（明）张岱著；俞琼颖评注．
—北京：北京联合出版公司，2015.7（2023.8重印）
ISBN 978-7-5502-3946-3

Ⅰ．①西… Ⅱ．①张… ②俞… Ⅲ．①小品文－作品集－中国－明代②《西湖梦寻》－注释 Ⅳ．①I264.8

中国版本图书馆CIP数据核字（2015）第143162号

西湖梦寻评注

作　　者：（明）张岱
评　　注：俞琼颖
出 品 人：赵红仕
选题策划：梁明德　邵鹏军
责任编辑：王　巍
特约编辑：刘文硕
封面设计：格林文化
版式设计：格林文化

北京联合出版公司出版
（北京市西城区德外大街83号楼9层　100088）
三河市延风印装有限公司　新华书店经销
字数88千字　960毫米×640毫米　1/16　印张18
2015年9月第1版　2023年8月第3次印刷
ISBN 978-7-5502-3946-3
定价：41.00元